Aconitum
55 rue Principale
62120 Saint Hilaire Cottes

Dépôt légal août 2016

ISBN 979-10-96017-05-8

La guilde des Merlins

Cendrine Nougué

La guilde des Merlins

Tome 1

Le Magicien

[ACONITUM]

1

Il était une fois...

— Réveille-toi, Arthur ! Allons, debout mon garçon. C'est plus l'heure de dormir.

Un grognement, puis un soupir résigné, fusèrent pour toute réponse. La couette remua, libérant une touffe de cheveux en bataille, bientôt suivie d'un œil ensommeillé qui se fixa tant bien que mal sur celle qui venait d'interrompre le spectacle du siècle. Dans la chambre flottaient encore les lumières de Las Vegas, la vapeur des fumigènes, les clameurs et les rires du public. Arthur cligna des yeux et son rêve s'évanouit pour de bon.

Mains sur les hanches et sourcils froncés, la gardienne de l'immeuble le fixait d'un air réprobateur.

— Ah, si c'est pas malheureux de voir ça ! Allez file sous la douche, tu vas être en retard.

Arthur posa un pied au sol et le regretta aussitôt. Un filet de bile acide remonta dans sa gorge, lui coupant le souffle. Toute la pièce se mit à tourner et il lutta pour ne pas s'effondrer à nouveau dans la sécurité de son oreiller.

— Et bien, c'est pas la forme hein ? Tu veux que j'appelle ton collège pour leur dire que tu es malade ?

— Non, ça va aller. Je suis pas malade.

— Hum… Tu es sûr ?

— Oui, oui, il faut vraiment que j'y aille. Merci de vous occuper de moi Mam'Yvonne, je me douche et j'y vais. Ne vous inquiétez pas.

— Quand même… la dernière fois…

— Je vous assure, tout va bien.

— Moi ce que j'en dis…

— Ok, je me lève, je me lève ! Voilà, je suis debout, vous voyez ?

Sur un dernier regard entendu, assorti d'un reniflement sceptique, la gardienne se dirigea vers la cuisine d'un pas devenu traînant avec l'âge. Lorsqu'Arthur était encore un bébé, Lily, sa mère, avait pris l'habitude de faire appel à elle pour surveiller son fils lorsqu'elle s'absentait. Un rôle que la vieille femme solitaire prenait encore très au sérieux.

Dix minutes plus tard, Arthur réapparut, ses boucles noires mouillées et à peine plus disciplinées qu'au réveil.

— Je file direct Mam'Yvonne ! Pas le temps de déjeuner, c'est la sélection pour le Tremplin des Talents aujourd'hui au collège. Je dois présenter mon numéro à la classe !

— Ah, très bien, bonne chance alors fiston. Attends, prends au moins ça, on part pas le ventre vide ici !

Mam'Yvonne eut juste le temps de tendre une tartine beurrée au garçon qui disparaissait déjà dans le couloir. Il l'attrapa in extremis, manqua de s'étaler sur le parquet ciré et se rattrapa au porte-manteau de l'entrée. Tous les vêtements dégringolèrent tandis que la porte se refermait déjà derrière lui dans un claquement sec, bientôt suivi d'un bruit de cavalcade dans l'escalier et d'un coup de tonnerre, lorsque la porte cochère fut projetée à la volée contre le mur. Elle se referma lentement en grinçant d'indignation.

— Aïe, aïe, aïe, soupira Mam'Yvonne, pourvu que tout se passe bien…

Arthur débarqua en retard et essoufflé au collège, malgré sa course le long des docks. Heureusement, l'établissement n'était qu'à trois rues de chez lui, sur l'Île de Nantes. Nouvellement construit dans ce quartier en mutation, entre les vestiges du passé industriel et le futurisme des Machines de l'Île, le bâtiment ultra moderne était le dernier projet sorti des friches, un an auparavant. Originalement nommé « Collège Arthur Rimbaud » par un conseiller municipal en mal d'inspiration, équipé d'un terrain de sports et même d'une piscine, doté des meilleurs professeurs et des dernières technologies, il offrait un cadre idéal à l'enseignement.

Arthur avait eu la chance de l'inaugurer et y entamait à présent sa deuxième année. Mais avec ses retards et ses absences répétées, il risquait une exclusion et sa mère n'allait pas le rater s'il ne calmait pas le jeu.

Cette fois-ci, le pion qui l'avait dans le collimateur depuis des semaines ne l'autorisa pas à rejoindre sa classe. Il dut patienter jusqu'à la fin de l'heure dans le bureau de vie scolaire, sous le regard vigilant de l'étudiant. Dès que la sonnerie retentit, il fila sans demander son reste vers les salles de cours pour rejoindre ses camarades. Quelques élèves se dégourdissaient rapidement les jambes dans le couloir pendant la pause. Un peu à l'écart des autres, Yasmine révisait ses notes, le nez dans son classeur. Elle le regarda à peine lorsqu'il arriva à sa hauteur.

— Salut Yas ! lui lança-t-il. Alors, t'as le trac ?

— Non. Et toi ?

— Ben, ouais, un peu quand même. J'ai répété toute la soirée, mais ma mère m'a envoyé me coucher tôt. Du coup j'ai pas bien fini ma routine.

Yasmine considéra son ami et soupira :

— Arthur, ça va aller… Tu peux y arriver, tu le sais bien. Tu répètes depuis des mois, c'est juste que… la magie… enfin, t'es sûr que c'est ton truc ? Je veux dire…

— Hey, mon pote ! Encore en retard ce matin ! T'as marché sur ton réveil ?

Arthur fit un bond en avant, propulsé par l'accolade de son meilleur ami Émile, qui sortait à son tour de la classe. Yasmine interrompue dans sa tirade, le foudroya du regard.

— Quoi ? lança-t-il penaud. Qu'est-ce que j'ai encore fait ?

— Rien… Toujours aussi subtil l'athlète !

— Et toujours aussi charmante la geek ! Allez venez, tout le monde rentre, on n'a pas tous la chance d'Arthur pour les excuses foireuses. T'as inventé quoi aujourd'hui au fait?

— Que ma mère est partie à Londres ce matin tôt, en oubliant de me donner les clés, et que la gardienne a dû venir m'ouvrir. Du coup j'avais pas de mot d'excuse. Je pouvais pas encore faire le coup de la panne de réveil... Et en plus c'est presque vrai.

Émile s'esclaffa et colla une nouvelle claque dans le dos d'Arthur qui sentit aussitôt sa nausée remonter.

Le reste de la matinée les cours s'enchaînèrent, forçant les élèves à faire le grand écart entre des matières aussi diverses que géométrie, histoire et anglais. La plupart d'entre eux avaient la tête ailleurs et écoutaient à peine, concentrés sur leur prestation à venir. Le Tremplin des Talents ambitionnait de devenir une référence au collège Arthur Rimbaud, l'occasion de se faire remarquer. Désormais, chaque printemps, les adolescents qui le souhaitaient pourraient représenter leur classe au spectacle de fin d'année. Mais pour cela, lors de la journée de sélection, chaque classe devait voter pour son champion, celui qui aurait le plus de chance de remporter le concours en juin.

Comme tous les nouveaux collégiens fraîchement débarqués, Arthur s'était prêté au jeu l'année précédente. Il avait préparé son numéro pendant tout un mois ; il avait même supplié Mam'Yvonne de lui confectionner un véritable costume de magicien, avec nœud papillon et cape. La totale. Résultat, le stress avait rendu ses mains moites, personne n'avait rien compris à son tour de cartes, et il avait foiré lamentablement devant une classe consternée. Pour couronner le tout, il avait hérité du sobriquet d'Arthur Potter et il ne manquait jamais un petit malin pour lui demander s'il pouvait faire disparaître les profs ou les cours.

Un an après cet échec cuisant, il subissait toujours les rires et les moqueries de ses camarades, mais il était têtu. Alors aujourd'hui, il était bien décidé à tous les scotcher sur leur chaise ! Fini le costume d'apprenti sorcier, il allait la jouer pro. Cette fois, il avait inventé un tour surprenant et tandis qu'il écoutait le cours d'anglais, ses mains virevoltaient dans l'espace, répétant encore et encore les gestes de passe-passe sur des cartes imaginaires.

Yasmine et Émile, quant à eux, s'inquiétaient. Ils n'avaient pas oublié l'affront subi par leur meilleur ami l'an passé. Même si l'épisode était à l'origine de leur amitié, ils redoutaient de le voir se répéter. À l'époque, la maladresse d'Arthur les avait touchés. Voir ce garçon se débattre avec ses cartes était certes irrésistible de drôlerie, mais après avoir ri avec les autres, ils avaient eu envie de mieux le connaître. Assis au fond de la classe, occupé à faire des gestes bizarres avec ses mains, le regard doux et rêveur perdu on ne savait où, Arthur ne se rendait pas compte qu'il effrayait ou repoussait ses camarades. Il paraissait toujours étonné d'être la cible des terreurs de la classe, une bande à la réputation bien établie, pour la plupart des transferts d'autres collèges de la ville, déjà deux fois redoublants.

Émile, habitué depuis la maternelle au rôle de chef de classe, grâce à son charme et sa carrure de sportif, avait aussitôt pris Arthur sous son aile. Défense de toucher à son meilleur pote ! Mais hélas il ne pouvait pas le protéger de tout, et surtout pas du ridicule.

À présent, Yasmine et lui se lançaient des regards appuyés en surveillant les gestes d'Arthur qui devenaient de plus en plus frénétiques. Pour eux, il était évident que leur ami ferait mieux d'abandonner les tours de magie, et spécialement les cartes. Son esprit ne semblait pas totalement connecté à son corps, qui ne lui obéissait jamais. Il peinait déjà à entrer dans une pièce sans se cogner à l'encadrement de la porte, ou à garder un stylo en main, alors manipuler des cartes ! Autant donner une pelote de laine à un chat, le massacre était prévisible.

Ils avaient bien essayé de le dissuader gentiment, mais la magie était la seule chose qui rattachait encore l'adolescent au monde réel, aussi étrange que cela paraisse. Faire des tours lui permettait d'échanger avec les autres, de sortir un peu de son monde intérieur. Sans cela, il aurait facilement passé tout son temps perdu dans ses pensées. Mais surtout, c'était le seul lien qu'il gardait encore avec son père, un magicien de réputation internationale qui les avait quittés, sa mère et lui, quand il avait tout juste quatre ans, pour partir travailler aux États Unis. Même s'il ne l'avouerait jamais, Arthur nourrissait le rêve de devenir aussi doué que son père afin d'attirer son attention.

S'il y en avait une capable de comprendre sa solitude, c'était bien Yasmine, elle qui passait son temps connectée à Internet. De forums de discussions en sites souterrains, l'adolescente avait tissé sa propre toile. Alors que ses parents, arrivés d'Égypte à sa naissance et maîtrisant à peine le français, se méfiaient de tout ce qui touchait à l'informatique, Yasmine était totalement à l'aise avec les divers langages de programmation et les codes d'initiés du web. Toute petite déjà les ordinateurs l'attiraient. Elle n'avait jamais joué à la poupée, mais elle avait appris de son oncle qui tenait un petit commerce de dépannage informatique, comment désosser et rassembler un disque dur. Depuis, elle récupérait les vieux ordinateurs pour les réparer, à l'âge où les autres filles collectionnaient rouges à lèvres et premiers flirts. Elle savait à quel point il est facile de se perdre dans le virtuel si quelque chose, ou quelqu'un, ne vous raccroche pas à la réalité. Alors, si pour Arthur ce quelque chose c'était la magie, cela lui convenait. Chacun son truc.

Quant à elle… l'adolescente soupira. Oui, quant à elle, c'était une autre affaire.

En début d'après-midi, après un repas vite avalé au self-service, tous les candidats au concours étaient fin prêts pour leur présentation. Dans chaque classe l'effervescence était à son comble. La 5ème B d'Arthur n'y échappait pas, sous la surveillance active du prof de maths, monsieur

Milliard, qui pour l'occasion leur faisait grâce du cours de géométrie. Un tirage au sort désigna l'ordre des participants. Chacun disposait d'une dizaine de minutes pour convaincre ses camarades de le choisir pour champion.

Maxime, caché derrière ses lunettes rouges, ouvrit le bal par une timide présentation de pots en terre cuite fabriqués à l'atelier de céramique où il passait ses mercredi, contraint et forcé par sa mère. Il fut suivi d'une improvisation théâtrale, puis d'une bande d'adolescentes se déhanchant sur une chorégraphie de Beyoncé qui déclencha l'hystérie des filles. Les garçons baillaient à s'en décrocher la mâchoire, tandis qu'Arthur restait concentré sur ses gestes, dessinant inlassablement des arabesques dans les airs, hermétique à tout ce qui se passait autour de lui.

Bientôt ce fut au tour d'Émile.

À l'annonce de son nom toutes les adolescentes se redressèrent sur leur siège, prêtes à s'extasier, tandis que les garçons retrouvaient le sourire. Tout le monde s'attendait à une démonstration d'arts martiaux, dans lesquels le garçon excellait, qui couplés à sa petite bouille d'ange, lui avait valu de gagner haut la main le Tremplin l'an passé. Pour lui le pari était risqué, allait-il garder son titre cette année ? Encore star du collège pour quelques mois, Émile prit son temps pour rejoindre le tableau, passant entre les rangs dans un silence respectueux. Il déposa un sac en papier kraft sur la table et en sortit un petit gâteau, un cupcake, surmonté de crème rose et parsemé d'étoiles de sucre, qu'il posa délicatement devant lui.

— Voilà, aujourd'hui j'ai décidé de vous parler de pâtisserie.

Croyant à une plaisanterie, les filles pouffèrent et les co-équipiers de sport du Champion se poussèrent du coude en ricanant. Ils furent aussitôt stoppés net par un regard furieux d'Émile. Monsieur Milliard intervint pour calmer la classe et invita le garçon à poursuivre.

— Peu d'entre vous le savent, commença celui-ci en

jetant un regard complice à Yasmine, mais à part le sport, j'adore faire des gâteaux, ça me détend. Mais je dois le faire en cachette de mon père qui trouve que c'est pas un truc viril… Alors avec ma mère, on prétend que c'est elle qui les fait et mon père se régale !

Là-dessus, Émile enchaîna en expliquant comment réaliser un cupcake parfait, comparant les différentes techniques de glaçage et de décoration, devant un public silencieux et médusé. Des ricanements s'élevèrent toutefois dans le fond de la classe, de plus en plus forts. La bande des terreurs, Geoffroy et ses sbires, Jonathan et Jordan, surnommés les affreux Geo & Jos par Émile, se délectaient de voir le chouchou du collège se ridiculiser tout seul. Mais celui-ci n'y prêtait aucune attention, bien décidé à poursuivre tranquillement son exposé pâtissier.

Monsieur Milliard, un peu mal à l'aise, interrompit la présentation avant que les railleries ne se déchaînent. Émile regagna sa place, sourire aux lèvres, sous les regards interloqués de ses camarades. S'ensuivit une démonstration de dribble de basket par Antoine qui perdit son ballon dix fois sous les bureaux, puis un morceau de guitare électrique qui leur cassa les oreilles, joué avec application par Geoffroy lui-même. Mais plus personne ne songeait à rire. La perplexité laissée par le passage d'Émile planait encore sur la classe, comme une mauvaise blague.

Geoffroy remballa sa guitare sous des applaudissements contraints et forcés, aucun élève ne voulant se risquer à l'offenser. Il céda la place au tableau à Arthur, qui avait tiré le dernier numéro dans l'ordre de passage.

— Vas-y, le magicien, fais nous disparaître ! lui lança-t-il en le bousculant. T'as pas mis ton chapeau magique cette année Arthur Potter ?

— Geoffroy, lança le prof de maths, à votre place tout de suite ! Arthur, approche, je te prie.

Le garçon fit bravement face à la classe. Yasmine ne respirait plus. Émile lui tapota l'épaule.

— Rassure-toi, lui glissa-t-il, il ne peut pas faire plus ridicule que moi, même s'il se vautre complètement, ça va aller. Mon plan est impeccable.

— Espérons. Sinon tu t'es grillé pour rien. Bien joué, le coup des gâteaux Émile, mais il va falloir rattraper ta réputation après ça !

— T'inquiètes, je compte sur mon charme naturel… chut ! Il commence.

Arthur s'installa au bureau du professeur et sortit un jeu de cartes de sa poche.

— Bon, comme vous le savez, mon hobby c'est la magie… enfin, je veux dire, la magie mécanique, bien sûr, pas ces trucs de fées et de sorciers. Ça c'est juste pour les films. La magie c'est sérieux, fit-il en regardant ses camarades. Ce qui compte, c'est la technique.

Tandis qu'il parlait, ses mains battaient les cartes à toute vitesse, mélangeant les couleurs dans un enchaînement de figures complexes. Les petits carrés de carton semblaient voler de droite à gauche, de bas en haut, dans un bruit d'ailes d'oiseaux affolés, hypnotisant la classe.

Seul Geoffroy le fusillait du regard, guettant la moindre erreur pour déclencher les hostilités.

— Bien, fit Arthur au bout d'un moment, je vais demander à Monsieur Milliard de choisir une carte, n'importe laquelle, et de nous la montrer.

Le professeur s'exécuta et remit la carte à Arthur.

— Le huit de carreaux, donc. Vous la voyez tous, elle est normale des deux côtés. Malheureusement Monsieur, je me demande si votre fille n'est pas malade ?

— Euh, non, elle va bien merci.

— Vous êtes sûr qu'elle n'a pas la rougeole ? Parce que la carte que vous m'avez donnée commence à montrer des signes de faiblesse…

Arthur secoua doucement la carte qui se couvrit peu à peu de points rouges. Le professeur surpris recula, et se mit à rire. La classe applaudit, charmée. Aussitôt le garçon remit le huit de carreaux dans le jeu et mélangea. À nouveau, il demanda au professeur d'en sortir une carte.

— Oh… c'est encore le huit de carreaux.

— Mais elle semble aller bien mieux, fit Arthur en montrant à la classe la carte à présent débarrassée de tout point rouge.

Puis, feignant l'inquiétude, il étala le jeu devant lui.

— Je me demande ce qui s'est passé… Ah, ben voilà, votre carte est guérie mais les autres sont contaminées.

Sur toutes les faces des cartes placées en éventail devant lui chacun pouvait voir à présent apparaître des petites taches rouges.

— Bon, je vais les mettre en quarantaine, dit Arthur en replaçant les cartes dans leur étui. Je secoue un peu, voilà, ça devrait marcher.

L'adolescent reprit ensuite le jeu en mains, et commença à battre les cartes en fixant ses camarades, un petit sourire au coin des lèvres. Sans crier gare il les lança en l'air d'un geste théâtral. Par réflexe les premiers rangs baissèrent la tête de surprise. Les cartons flottèrent un instant et retombèrent entre les bureaux, sans aucune tache rouge apparente à leur surface. Un tonnerre d'applaudissements retentit. Arthur salua, heureux de s'en être sorti sans un seul faux pas.

Tout à son succès, il tendit la main au professeur pour le remercier. Celui-ci s'avança de bonne grâce, et ce faisant, avisa sa propre main. Elle était couverte de petits points rouges. Il se mit à les frotter sans parvenir à les enlever.

— Oh, oh… gémit Yasmine.

— Bien, Arthur, comment je me débarrasse de ça ? chuchota le prof en aparté.

— Euh… Monsieur, en fait ça disparaît au bout de quelques heures… désolé, lui expliqua à voix basse le garçon embarrassé. Je n'ai pas encore stabilisé le produit, ça part plus vite sur les cartes que sur la peau, mais ne vous inquiétez pas, vous n'aurez plus aucune trace d'ici demain.

Yasmine et Émile qui s'étaient remis à respirer après la performance de leur ami, levèrent les yeux au ciel. Un tour qui finissait bien, c'était trop beau pour être vrai. Pourvu que le produit utilisé s'en aille réellement, sinon les cours de maths allaient devenir un vrai calvaire pour Arthur.

Geoffroy, qui avait tout entendu, s'esclaffa.

— Eh, m'sieur, vous aimez la magie ? Faites attention à ne pas refiler la rougeole à votre fille en rentrant chez vous!

— Oui, bon… tu as fini Arthur ?

— En fait, Monsieur, fit le garçon, j'ai encore un cadeau pour Geoffroy. Comme il a été bien sage pendant le tour, je tenais à lui offrir ceci.

Arthur sortit un ballon de sa poche et commença à le gonfler. Des oreilles et un sourire idiot apparurent sur la baudruche en forme de lapin crétin.

— Ah, ah, super drôle Arthur Potter, tu sais faire apparaître les lapins ! T'es p't-être un vrai magicien après tout ! Le vrai fils à son papa !

Arthur s'approcha du bureau de son camarade, le ballon toujours à la main.

— Tiens, c'est pour toi Geoffroy !

L'adolescent sentant tous les regards braqués sur lui, rougit et essaya de chasser Arthur d'un geste mal assuré. Louis, dit Loulou, le second couteau de Geoffroy assis à sa droite eut le malheur de ricaner, ce qui lui valut un coup de coude bien senti dans les côtes et lui fit lâcher sa console de jeux qu'il planquait sous la table.

— J'en veux pas de ton truc, grogna Geoffroy.

— Ah, oui ? C'est pas un problème, je t'en débarrasse.

Arthur effleura d'un geste étudié le ballon qui éclata bruyamment. Geoffroy reçut l'explosion en pleine figure tandis qu'un objet tombait lourdement sur le bureau devant lui.

— Ma montre ! s'exclama-t-il en avisant son poignet

vide. Mais qu'est-ce que… tu m'avais piqué ma montre, espèce de…

— Ça t'apprendra à bousculer les plus petits que toi, lui siffla Arthur. Et méfie-toi des pickpockets, ça peut servir la magie tu vois ! La prochaine fois je ne te la rendrai pas.

Médusé et fou de colère, Geoffroy bouillait de ne pouvoir répondre à sa façon. Monsieur Milliard s'était approché d'eux, mais Arthur tournait déjà le dos à son camarade, un grand sourire innocent aux lèvres. Il reçut les applaudissements de ses amis qui avaient suivi la scène, salua à nouveau et regagna tranquillement sa place.

Cette année, le garçon avait réussi à se faire accepter. On allait peut-être continuer à l'appeler Arthur Potter, mais ce serait avec respect, et il serait fier de son surnom.

Après les cours, les trois amis se retrouvèrent comme à leur habitude devant la loge de conciergerie du collège, tenue par les parents de Yasmine. La maison abritait à l'étage un appartement de fonction où vivait la petite famille. C'était devenu un repaire bien pratique pour les adolescents, pour faire le point sur la journée en attendant le bus d'Émile.

Arthur arriva tout essoufflé. Monsieur Milliard l'avait retenu pour lui faire la morale et le mettre en garde contre l'usage de ses dons à des fins trop personnelles.

— Bravo, tu l'as bien mouché ce sous-doué de Geoffroy, le félicita Yasmine. Il va peut-être moins la ramener cette année.

— Pas si sûr, dit Émile en désignant la bande des affreux Geo & Jo qui s'était regroupée sur un banc, face à la sortie du collège, et observait le trio d'un air mauvais.

Tout de noir vêtus, piercing aux sourcils et capuches relevées, les multi redoublants semblaient concentrés sur leurs consoles de jeux. En douce, ils surveillaient Arthur, guettant le moment où Émile partirait et le laisserait à leur merci.

— À mon avis ils attendent leur heure, murmura

Yasmine. Fais attention en rentrant chez toi, Arthur, il paraît que le père de Geoffroy lui en colle souvent une. C'est pour ça que le fils est devenu une brute à son tour, il rend les coups sur tout ce qui bouge…

— M'ouais, merci du tuyau, heureusement je cours vite… s'amusa Arthur. Mais en réalité il n'en menait pas large.

Il se demandait encore ce qui lui avait pris de défier ouvertement le petit caïd du collège devant toute la classe. Soudain, la colère l'avait transporté ailleurs. Il s'était senti soulevé par une force inconnue, et il avait saisi l'occasion de ridiculiser celui qui terrifiait son monde à longueur de journée, lui le premier. Il n'avait pas vraiment réfléchi plus que ça, ses gestes avaient coulé de source. Pour une fois il avait mené la danse et oublié sa maladresse qui le tétanisait et le forçait à trop penser avant d'agir. Mais il risquait fort d'en payer le prix à présent. Sa colère froide était passée et il redevenait lui-même, rêveur et peu attiré par la bagarre.

Peu à peu, la cour se vidait. Les élèves rejoignaient les bus de ramassage, ou les voitures des parents venus les chercher. Après avoir fait jurer à Arthur qu'il resterait chez Yasmine jusqu'au départ des brutes, Émile se dirigea à son tour vers le parking des bus, quand une énorme limousine noire vint se garer le long des grilles, juste à ses pieds. Dans un bourdonnement métallique, la vitre arrière droite se baissa sur une scène qui stoppa net le garçon dans son élan.

Un vieil homme était assis à l'arrière du véhicule, ses deux mains jointes au-dessus d'une canne dont le pommeau sculpté lançait des éclairs dorés dans la pénombre de l'habitacle. Sa tenue semblait sortir d'une photographie du XIXème siècle, mais son regard tranchant était suffisamment dissuasif pour qu'Émile s'abstienne de tout commentaire.

— Es-tu Arthur Sullivan ? lui demanda l'inconnu, avec un fort accent anglais qui acheva de déstabiliser Émile.

— Euh, non… pourquoi ? fit l'adolescent aussitôt méfiant.

L'homme soupira, manifestement peu décidé à bavarder. Émile vit du coin de l'œil la bande de Geoffroy se rapprocher de l'entrée du collège, certainement curieuse de voir la Rolls Royce de plus près, mais son attention fut détournée par le chauffeur de la limousine qui sortit pour ouvrir la portière à son maître. De longs cheveux blonds s'échappaient de sa casquette de livrée, tandis que sa combinaison en cuir noir ne cachait rien des formes élégantes qu'elle renfermait. Émile était subjugué.

— Hum ! Ne me dis rien, je crois que je l'ai trouvé… fit le vieil homme.

Émile suivit le regard de l'inconnu jusqu'à la loge et sentit son sang se figer. Geoffroy et Loulou, profitant de la diversion offerte, s'étaient sournoisement infiltrés dans la cour et tenaient à présent Arthur par les épaules tandis que Jonathan, le débile de la bande, serrait Yasmine contre un mur la menaçant de balancer son portable chéri dans les airs.

Émile bondit, mais aussitôt il reçut un bras en travers de la poitrine, le plaquant pour l'empêcher de s'élancer vers ses amis. Tranquillement, le vieil homme ajusta son haut de forme sur son crâne, repoussa le garçon sidéré, et s'avança vers la scène. Le chauffeur de la limousine, ou plutôt la chauffeur, fit un clin d'œil à Émile et s'adossa contre la voiture.

Ce qui suivit fut bien difficile à raconter plus tard pour l'adolescent qui crut halluciner.

Des éclairs jaillirent de la canne du vieil homme tandis que celui-ci balayait les jambes des petites brutes avec une grâce étudiée. Arthur et Yasmine furent à peine effleurés par un souffle d'air tandis que leurs adversaires lâchaient prise en hurlant de douleur. Geoffroy et ses acolytes semblèrent voler un instant avant de retomber lourdement au sol. Dix secondes plus tard, ils étaient déjà partis à toute allure sans se retourner.

L'Anglais tendit à Yasmine son portable et considéra les adolescents.

— Merci, Monsieur… commença Arthur, totalement ahuri par cette intervention.

Il considéra le vieil homme qui le détaillait des pieds à la tête, apparemment satisfait de le trouver en un seul morceau. Malgré la correction qu'il venait d'infliger aux collégiens, il restait tiré à quatre épingles, nullement essoufflé. Arthur n'en revenait pas.

Émile, enfin sorti de sa paralysie, leur sauta dessus.

— Ça va ? Vous n'avez rien ? Ah, je le savais, les sales rats ! J'aurais dû rester avec vous !

— Oui, ça va, tout va bien, le rassura Yasmine.

— Hum ! Puis-je avoir votre attention jeunes gens ? intervint l'inconnu, coupant court aux effusions. Je suis ici pour voir Arthur Sullivan. C'est bien toi n'est-ce pas ?

— Oui, Monsieur répondit l'intéressé, ignorant le regard inquiet d'Émile.

— Bien, dans ce cas, c'est réglé. Viens, dépêche-toi, nous avons de la route.

D'un signe de la main, le vieil Anglais invita Arthur à monter dans la voiture, sans plus se soucier de ses amis.

Émile bondit.

— Mais vous êtes qui vous, à la fin ? Je veux dire… merci pour le coup de main, hein, mais vous lui voulez quoi à Arthur ?

Surpris, l'homme se retourna. Une ombre de sourire se dessina sur ses lèvres. Il jeta un coup d'œil à sa conductrice qui répondit à sa question muette d'un hochement de tête.

— Bien, on m'avait dit que ce ne serait peut-être pas facile. On m'a donné quelque chose pour toi… ça doit être par-là, dit-il en agitant la main vers la jeune femme. Lizzie, ma chère, voulez-vous bien voir cela… ?

Les adolescents se rapprochèrent prudemment de la voiture, tandis que l'énigmatique personnage se réinstallait sur la banquette arrière et se remettait à tapoter le pommeau de sa canne, impatient d'en finir. Lizzie s'affaira sur le tableau de bord et soudainement, la fenêtre avant du véhicule s'opacifia, masquant la jeune femme à leur vue. Après quelques secondes, le visage d'une femme apparut, visiblement filmé via une webcam. Son immense beauté sautait aux yeux. La vitre devenue écran plasma semblait vibrer sous l'effet d'un magnétisme étrange. Les adolescents se sentirent immédiatement happés, oubliant l'improbable situation dans laquelle cette femme s'adressait à eux.

Arthur sentit son cœur rater un battement lorsqu'elle prononça son nom ; un souvenir surgit du plus profond de son être et il la reconnut. Aussitôt un malaise l'envahit, ce n'était pas bon, pas bon du tout…

— Arthur, nous ne nous connaissons pas, enfin… pas vraiment… et je mesure toute l'étrangeté de cette situation, mais je te demande de m'écouter attentivement, commença-t-elle.

On devinait à son ton hésitant que pour elle non plus le message ne semblait pas évident à délivrer.

— Je suis ta … grand-mère, enfin la mère de Lily, ta maman… bref, tu ne m'a jamais vue, mais je vais te demander de venir à Londres. Immédiatement.

Elle s'interrompit, semblant écouter quelqu'un à côté d'elle. Émile et Yasmine lancèrent un regard sidéré à Arthur mais celui-ci fixait l'écran, redoutant le coup à venir.

— Oui… bien, reprit la femme, comme tu le sais Lily s'est rendue à Londres ce matin pour me voir, et… disons qu'il est arrivé quelque chose qui nécessite ta présence ici aussi vite que possible. Je t'ai envoyé mon fidèle ami, Archibald. Tu peux avoir toute confiance en lui, il t'expliquera ce que tu dois savoir en route.

La femme s'interrompit de nouveau, et disparut quelques secondes du cadre de la webcam, se penchant pour parler à quelqu'un. Les adolescents tendaient l'oreille et crurent distinguer un échange un peu vif entre celle qui prétendait être la grand-mère d'Arthur sortie de nulle part et une voix hors champ qui la conseillait en anglais.

— Milady... just a kid...

La femme balaya la remarque d'un revers de main et continua, visiblement contrariée.

— Arthur, je ne vais pas y aller par quatre chemins. Ta maman a eu accident, je sais que tu es assez grand pour comprendre. Elle est actuellement à l'hôpital. Fais tout ce que te dit Archibald, je t'attends à Londres.

La connexion s'interrompit net, laissant à l'écran l'image du merveilleux visage de l'inconnue. Arthur tremblait, fixant sa grand-mère, incapable d'en détourner le regard.

Doucement Yasmine le prit par le bras.

— Arthur, ça va aller… ils vont bien s'occuper de ta maman, vas-y vite.

Émile allait de l'un à l'autre, confus. La situation lui échappait. Et l'autre Anglais qui restait là sans bouger…

— C'est vraiment ta grand-mère ? Tu vas aller à Londres ?

Archibald soupira de nouveau et ouvrit la bouche pour parler, mais Arthur le devança.

— Oui, c'est bien elle. J'ai aperçu sa photo dans le portefeuille de ma mère. Je ne l'ai jamais rencontrée, mais je sais que c'est elle. Archibald, lança-t-il vers le vieil homme, qu'est-ce qu'elle ne me dit pas ?

— Well… ne t'inquiète pas, mon garçon. Ta maman est entre de bonnes mains, elle a fait un malaise dans la rue et a été admise à l'hôpital. Mais je suis sûr qu'elle t'attend, répondit celui-ci, d'un ton encourageant. Si tu veux bien monter maintenant, je t'emmène auprès d'elle, le temps est précieux et notre avion nous attend.

— Mais… commença Émile, tu ne vas pas partir comme ça…

Arthur se glissa dans la limousine à côté d'Archibald, l'air décidé.

— J'ai pas le choix. Ma mère a besoin de moi, et il n'y a personne chez moi de toute façon. Qu'est-ce que je peux faire d'autre ? lança-t-il en écartant les mains d'un geste résigné.

Yasmine retint Émile qui allait encore argumenter et sourit à leur ami en lui souhaitant bon voyage. La Rolls démarra, Arthur se renfonça dans le siège en cuir, fixant la route devant lui.

— Archibald… ma mère… je n'ai qu'elle, et je ne vous connais pas, ni vous ni ma grand-mère, dit-il la gorge nouée.

— Je sais, my boy.

Le vieil homme lui tapota doucement le bras.

— Il est grand temps de faire connaissance à présent.

2

London calling to the faraway towns
Now that war is declared and battle comes down
London calling to the underworld
Come out of the cupboard, all you boys and girls

The Clash (London Calling)

La Tamise brillait sous les pâles reflets de la lune qui peinait à éclairer le ciel nocturne. Longeant la Highway qu'ils avaient empruntée depuis l'aéroport de l'Est londonien, le fleuve semblait accompagner les voyageurs, invitant Arthur à entrer dans la cité mythique. Ses parents lui en avaient tant parlé. Il n'aurait jamais pensé venir ici sans eux et leur absence lui pesait d'autant plus. Son père devait se trouver en tournée, quelque part en Asie, d'après les dernières nouvelles, si loin. Quant à sa mère… Tout à coup, il se sentit vraiment seul au monde.

Durant le vol en jet privé, Archibald lui avait à peine adressé la parole et s'était contenté de lire son journal, laissant l'adolescent en proie à ses angoisses. Lizzie lui avait tenu compagnie, une fois la Rolls à l'abri dans les soutes de l'appareil, mais comme elle ne parlait que quelques mots de français, Arthur avait vite laissé tomber la conversation. Il savait que sa grand-mère était fortunée, et même assez reconnue dans son milieu professionnel, mais tout ce luxe déployé pour venir le chercher le rendait perplexe. En fin de soirée, ils avaient débarqué et regagné la limousine sans qu'Archibald ne prononce un mot de plus.

Refoulant ses pensées, il se força à contempler la ville qui venait à sa rencontre. La Tour de Londres et son pont suspendu apparurent, marquant l'entrée de l'antique cité. Puis ce fut Whitechapel, la City, Blackfriars… Arthur lisait les panneaux de circulation aux noms aussi étranges que fascinants. Le long du Victoria Embankment il retrouva la Tamise et salua au passage deux sphinx assoupis. Big Ben sonna à leur approche tandis qu'ils remontaient le Palais de Westminster jusqu'au parc St James. Archibald, en bon sujet britannique, consentit à lever le nez de son journal pour saluer d'un hochement de tête le drapeau flottant sur Buckingham Palace, signalant la présence de la reine dans la capitale.

Au loin, la masse sombre des arbres de Kensington Park se détachait derrière les maisons aux briques rouges, typiques de cette partie de la ville, et regroupées autour de cours privées, le long desquelles des voitures de luxe stationnaient pour la nuit. Enfin, la Rolls ralentit en entrant dans Gloucester road et s'arrêta devant le numéro 133, une demeure imposante lovée derrière de hautes grilles blanches.

— Here we are, my boy. Nous sommes arrivés ! lança Archibald en ouvrant la portière. Le voyage s'arrête là, pour ce soir tout du moins…

Arthur sortit de la Rolls et suivit le vieil homme jusqu'à l'entrée de la maison. Une volée de marches menait à un perron surmonté d'une imposante voûte, alternant briques rouges et blanches. Les parquets en bois ancien craquèrent sous leurs pas lorsqu'ils entrèrent. Arthur eut l'impression de réveiller une vieille dame endormie depuis le siècle dernier. Une lumière douce éclairait les murs couverts de tapisserie fleurie d'un salon qui s'étalait sur tout le rez-de-chaussée. Le tout donnait une impression d'immensité, encore renforcée par le peu de meubles présents. Un feu crépitait dans la cheminée, achevant de s'éteindre doucement, réchauffant le cuir d'un canapé Chesterfield qui parut soudain extrêmement tentant à l'adolescent fatigué.

Archibald surprit les bâillements que le garçon peinait à refréner. Du doigt il désigna l'escalier qui s'ouvrait à sa gauche.

— Monte, je t'en prie. Tu trouveras une chambre pour toi à l'étage, tout de suite à droite. Moi, je vais rester là cette nuit, dit-il en s'asseyant dans le canapé. Ta grand-mère ne rentrera que très tard, elle a été retenue ce soir à un gala caritatif… ou quelque chose comme ça. Bref, je vais l'attendre et je garderai la maison. Repose-toi bien. Demain nous répondrons à tes questions qui sont, je le crains, assez nombreuses… Si tu as besoin de quoi que ce soit, n'hésite pas, Lizzie a ses quartiers au dernier étage, tu n'auras qu'à sonner et elle viendra. Voilà, je te souhaite une bonne nuit my boy, tu es ici chez toi.

Sans plus de cérémonie, le vieil homme ferma les yeux et commença à somnoler tandis qu'Arthur, exténué par le voyage et le moral au plus bas, se résignait à aller également se coucher. Pour l'heure, il ne tirerait rien de plus de son compagnon de voyage.

La chambre qui lui avait été attribuée lui parut minuscule comparée à la pièce qu'il venait de quitter, mais cela lui convenait parfaitement. Il y avait à peine assez de place pour un lit devant la baie vitrée qui courait le long du mur, donnant l'impression de dormir dans un aquarium.

Un rapide coup d'œil dans le dressing attenant lui permit d'apprécier le sens de l'organisation de ses hôtes. Il était parti sans aucun bagage, mais plusieurs jeans et pulls étaient proprement empilés sur les étagères, ainsi que tout un tas de vêtements de marques de luxe. Il pensa à ses amis restés à Nantes. Émile aurait adoré voir ça, lui qui mettait une heure à choisir sa tenue quotidienne et se moquait toujours d'Arthur, habillé à la va-vite avec ce qui traînait dans son placard, ou pire, au pied de son lit. Soudain, les plaisanteries de son meilleur pote lui manquaient. Même sa tendance à le surprotéger, parfois lourdement, lui manquait. Il aurait bien eu besoin de protection en ce moment, dans cette maison inconnue, loin de tout, seul avec cet étrange Anglais.

Derrière la fenêtre, de grands arbres marquaient l'entrée d'un parc. Le front contre la vitre, Arthur scrutait l'obscurité, cherchant des repères dans ce paysage nouveau qui allait constituer son univers dans les prochains jours.

La colère et l'inquiétude commençaient à percer sous la fatigue. Il avait eu beau insister auprès d'Archibald pendant le voyage du collège à l'aéroport, celui-ci s'était borné à des propos rassurants sur l'état de santé de sa mère. Elle avait surtout besoin de dormir et serait sûrement sur pieds très vite. Sa grand-mère l'avait faite transférer dans l'un des meilleurs établissements privés de Londres, le Princess Grace Hospital, au cœur du quartier huppé de Marylebone.

Quant à son père, il ne l'avait pas vraiment vu depuis ces deux dernières années, trop accaparé qu'il était par ses spectacles. Savait-il au moins que son ex-femme avait eu un malaise ? S'en souciait-il ? D'après Archibald, le numéro de téléphone de son hôtel avait été trouvé dans le sac de sa mère et un message aussitôt laissé. Cela n'était plus qu'une question de temps avant que le magicien ne rappelle. Mais Arthur en doutait. Il connaissait l'aversion de son père pour la technologie, et les téléphones portables en particulier, considérant ne pas être tenu de répondre à tout moment à des coups de fils dérangeants. Du coup, seule Lily savait où et comment le joindre, en passant par son manager, qui hélas ne délivrait les messages qu'au compte-goutte, sélectionnant ceux qui ne risquaient pas de heurter la créativité du maître.

Résultat, entre rester seul à Nantes ou venir à Londres, quitte à suivre de parfaits étrangers, Arthur n'avait pas vraiment eu le choix. Voilà maintenant qu'il était à la merci de sa grand-mère, dont il ne savait pratiquement rien. Il avait bien essayé une fois d'aborder le sujet, mais sa mère l'avait regardé si tristement qu'il n'avait pas osé recommencer. Il savait juste qu'elle dirigeait une maison d'édition assez réputée et voyageait beaucoup, mais pour une raison inconnue, ne semblait jamais venir à Nantes, et n'avait jamais éprouvé l'envie de connaître son petit-fils.

Comme il était parti en urgence, il n'avait avec lui que son sac à dos de classe, qu'il envoya valser sur un fauteuil. Il regretta alors de ne pas posséder de téléphone portable comme Yasmine, il aurait au moins pu appeler ses amis. Il nota d'essayer de le faire dès le lendemain. Il se déshabilla et se lova sous la couette où il s'endormit aussitôt.

En ouvrant les yeux à contrecœur à une heure qui lui sembla bien trop matinale, gêné par un rayon de soleil qui lui chatouillait le nez, Arthur ne reconnut pas tout de suite l'endroit où il se trouvait. Entre son lit et la baie vitrée se trouvait à présent un bureau d'écolier en bois patiné. Étrange… il aurait juré qu'il n'y était pas la veille au soir, mais peut-être qu'à cause de la fatigue il ne l'avait pas remarqué. Il se souleva sur un coude pour mieux voir et crut halluciner en découvrant un téléphone portable extra plat posé en évidence sur le meuble.

Il chercha ses habits en tâtonnant au pied du lit, comme à son habitude, mais sa main ne rencontra qu'un tapis moelleux. Il se résolut à se lever à moitié nu, en espérant que personne ne le verrait depuis la rue, à travers la baie vitrée. Semblable à une plaque de métal rectangulaire, l'étrange appareil était si fin qu'il semblait se fondre dans le bois du bureau. Arthur l'effleura d'un doigt craintif et aussitôt le rectangle entier s'éclaira. Le garçon faillit tomber à la renverse lorsque son prénom s'afficha à l'écran tandis qu'une voix mélodieuse l'invitait à choisir un destinataire. Il fit glisser prudemment l'objet vers lui et le posa au creux de sa main. Il ne pesait presque rien, mais lorsque le garçon le toucha à nouveau, l'écran se plia légèrement sous son doigt. Incroyable ! Un écran flexible !

Yasmine en aurait pâli d'envie ! Même dans ses rêves les plus fous elle n'aurait jamais pensé toucher une telle merveille avant bien des années. Arthur se rappela que son amie lui avait parlé de cette technologie, qui ne devait pas sortir sur le marché avant au moins cinq à dix ans. Un léger bip le rappela à l'ordre, l'assistante personnalisée attendait ses instructions.

— Qui souhaitez-vous joindre ?

— Euh, fit Arthur un peu pris au dépourvu. Yasmine ?

En moins de cinq secondes le visage de la jeune fille s'afficha à l'écran.

— Arthur, c'est toi ? Ça alors, j'y crois pas ! T'as un portable ? Tu as réussi à te connecter sur une webcam ? T'as enfin créé une messagerie ? le bombarda-t-elle.

— Pas vraiment, fit-il en prenant vite soin de placer le téléphone et sa caméra au niveau de son visage. L'appel l'avait pris un peu de court et il ne trouvait toujours pas ses vêtements…

— Si je te dis que je tiens un téléphone flexible, tu me crois ?

— Pas possible ! Aucun modèle n'est encore en vente ! Mais t'es où là ?

L'adolescente visiblement assise devant son ordinateur dans sa chambre essayait de distinguer ce qu'il y avait derrière le garçon.

— Comment tu vas ? Comment va ta maman ?

Arthur soupira, il avait presque oublié ses soucis, l'esprit un moment détourné par son nouveau jouet. Le visage de Yasmine, qui occupait tout l'écran, se tordait et s'arrondissait suivant les supports sur lesquels il collait le portable. Il allait adorer cette technologie.

— Je vais bien, je suis chez ma grand-mère, tu verrais la maison, et le jet… je te raconterai. Mais je n'ai pas encore vu ma mère et j'espère bien aller lui rendre visite aujourd'hui à l'hôpital. Archibald m'a promis de tout me dire, et je vais pas le lâcher, crois-moi !

Encore abasourdie d'avoir été réveillée par un appel vidéo d'Arthur, lui qui ne connaissait rien de rien à Internet, Yasmine considéra son ami qui avait l'air déboussolé.

— Appelle-moi quand tu l'auras vue, lui dit-elle. Le mieux à faire à mon avis est de parler à ta grand-mère. Quand je vais dire ça à Émile ! Arthur en webcam ! Ça c'est ton meilleur tour ! Je dois y aller là, mais on reste en contact ! Prends soin de toi, bises !

Arthur raccrocha et détailla l'appareil. Des icônes à l'effigie de ses amis et des membres de sa famille, en réalité peu de personnes, apparurent à l'écran. Yasmine, Émile, Archibald, et même Mam'Yvonne lui souriaient dans de minuscules carrés. Tout en bas, un visage qu'il commençait à connaître fixa son regard. Même à travers une petite image sa présence électrique était palpable. L'adolescent effleura la photo, et se reprit aussitôt. Trop tard. Une sonnerie bipa. Affolé, il éteignit le portable au moment où la connexion s'établissait, coupant net la communication.

Le cœur battant à tout rompre, il repoussa l'objet loin de lui et chercha de quoi s'habiller. Sa grand-mère savait maintenant qu'il était réveillé…

Il finit par dégoter ses habits de la veille dans le panier à linge du dressing et dut donc choisir une autre tenue. Il commençait à trouver tout cela bizarre. Avait-il dormi si profondément qu'il n'avait rien entendu quand quelqu'un était venu ranger ses vêtements, et surtout déposer le portable ? Son sac à dos était lui aussi bien rangé, accroché à une patère. Il se précipita pour regarder à l'intérieur. Tous ses livres et ses cahiers étaient là, mais surtout ses cartes et son matériel de magie si précieux.

Rassuré, il se promit de demander au personnel de maison de ne plus s'occuper de ses affaires à l'avenir, il n'était plus un bébé. Certes, il n'était pas très ordonné, ayant eu à se prendre en charge très jeune de ce côté-là, sa mère n'étant pas très portée sur le ménage. Mais il tenait à son bazar. Même Mam'Yvonne ne passait pas dans sa chambre, il avait sa fierté !

En haut de l'escalier, Arthur respira un grand coup pour se donner du courage, cette fois ça y est, pensa-t-il, je vais rencontrer ma grand-mère.

Rien ne bougeait au rez-de-chaussée, le salon semblait exactement tel que la veille, excepté l'absence d'Archibald. Il pénétra dans la pièce vide, tous ses sens en alerte.

— Tu m'as appelée, Arthur ? interrogea une voix qui le fit bondir de surprise.

Il n'avait pas remarqué que le salon se prolongeait sur sa gauche, par une petite porte qu'il avait pris pour un placard la veille. Désormais ouverte, elle donnait sur un patio envahi de plantes vertes grimpant jusqu'au plafond en verre. Dans cette jungle, il discerna une femme lisant à une table. Elle lui tournait le dos, mais Arthur n'eut aucun doute. Les cheveux flamboyants qui se déroulaient en cascade sur le dossier de la chaise étaient suffisamment reconnaissables.

La femme posa sa tasse de thé délicatement, prenant son temps avant de se retourner. Tout à coup, Arthur fut pris dans le faisceau de ses yeux gris bleu et reconnut la fulgurante beauté dont sa mère avait en partie hérité. Assurément le terme de grand-mère ne lui convenait en rien.

Tout dans ce visage respirait jeunesse et grâce, même si une certaine raideur dans l'attitude révélait l'expérience de la vie et imposait immédiatement le respect.

Arthur réalisa soudain qu'il ne connaissait pas le prénom de sa parente et sentit instinctivement que lui donner du « mamie » n'arrangerait pas ses affaires.

— Bonjour, fut la seule chose à dire qui lui sembla appropriée.

D'un geste de la main elle l'invita à s'asseoir en face de lui.

— Je crois que tu as trouvé mon cadeau de bienvenue. Lizzie m'a dit que tu avais envie d'appeler tes amis. J'espère que nous avons bien fait ? ajouta-t-elle soudain inquiète en voyant le garçon froncer les sourcils.

— Oui, merci, s'empressa de répondre Arthur. C'est très gentil.

Il ne se rappelait pas du tout avoir parlé de cela à Lizzie. Elle avait dû deviner.

La réponse sembla satisfaire sa grand-mère. Elle le considérait en silence, scrutant chacun de ses traits, comme si elle cherchait une réponse à une question connue d'elle seule. Arthur commençait à être gêné et brûlait de demander des nouvelles de sa maman, mais il ne voulait pas paraître grossier en parlant le premier. Il n'eut pas à le faire. Lizzie venait d'entrer, poussant un chariot à roulettes surchargé de gâteaux, de scones et de confitures de toutes sortes. Elle le bloqua près du garçon et ressortit en lui adressant un sourire furtif.

— Oh, mais je manque à mes devoirs, que prends-tu pour ton petit déjeuner ? Si tu veux autre chose, tu n'as qu'à demander, je souhaite que tu te sentes vraiment chez toi ici.

— Merci, grand-m…, euh… madame.

Interloquée, la femme le fixa, ses yeux de chat s'allongeant sous l'effet de la surprise. Puis elle partit dans un grand éclat de rire et Arthur se sentit stupide.

— Tu n'auras qu'à m'appeler Dana, dit-elle une fois calmée. Mon vrai nom est Titania, mais tout le monde m'appelle Dana. Ta maman ne t'a donc jamais parlé de moi… constata-t-elle, le regard devenu sombre.

Jugeant préférable de ne pas répondre, Arthur se borna à sourire et se risqua à poser les questions qui le taraudaient.

— Comment va maman ? Qu'est-ce qu'elle a ? Quand vais-je la voir ?

Face à l'inquiétude palpable de l'enfant, Dana détourna le regard, sentant soudain une boule monter dans sa poitrine.

— S'il te plaît, Dana, insista Arthur, cette fois proche des larmes. Archibald m'a dit que tu m'expliquerais…

Si sa grand-mère avait eu un instant d'émotion, celui-ci était déjà passé. Elle se recomposa un visage inexpressif et lui fit face.

— Je sais que c'est très difficile pour toi, mais tu vas devoir patienter encore un peu avant de voir ta maman. Comme Archibald te l'a dit, elle est actuellement dans le meilleur service de soins de Londres et elle a surtout besoin de repos. Nous ne savons pas ce qui s'est passé avec exactitude. Il semble qu'elle ait fait un malaise dans Hyde Park, après sa visite à mon bureau.

Dana semblait réfléchir tout en expliquant les faits.

— Arthur, reprit-elle, écoute moi. Lily... - elle buta en prononçant le prénom de sa fille - elle... est pour le moment dans un état stable et rien ne permet de s'inquiéter.

Les dernières défenses du garçon cédèrent et il fondit en larmes. Dana le regardait, ne sachant comment agir. Malgré son âge, c'était encore un enfant, et le doute en elle grandissait. Elle décida de jouer franc-jeu, le plus qu'il lui était possible dans les circonstances en tous cas.

— Ta maman reçoit en ce moment les meilleurs soins, je t'assure que j'ai fait appel aux médecins les plus réputés. Ils l'ont veillée toute la nuit, mais ils ne savent pas quand elle va se réveiller. D'après eux, elle n'est même pas vraiment dans le coma, elle dort, tout simplement... Aussi étrange que cela paraisse, et bien... ce n'est pas une mauvaise nouvelle, vois-tu. Ses fonctions vitales ne sont pas touchées, tout va bien. Cela lui est déjà arrivé lorsqu'elle était petite, ne t'inquiète pas, le mal passera.

— Je veux la voir ! lança Arthur.

Dana inspira et se redressa sur sa chaise.

— Je crains que ce ne soit pas possible. Je suis désolée, assena-t-elle au garçon pétrifié.

— Mais... pourquoi, si elle ne fait que dormir ? Si elle me sent près d'elle, elle va peut-être se réveiller ?

— Les médecins qui la soignent ne connaissent pas son identité, personne à l'hôpital ne sait qu'elle est ma fille, excepté mon médecin particulier, qui se trouve être le chef de la clinique... Pour des raisons importantes, dont je ne peux te parler pour le moment, il est impératif qu'il en demeure ainsi. Pour sa sécurité et pour la tienne, Arthur, personne ne doit la relier à moi. C'est pour cela que tu ne peux aller là-bas. Mais je te jure que dès qu'elle se réveillera, je la ferai transférer dans un lieu où tu pourras la voir. En attendant, tu dois rester ici.

— Mais… et le collège ? Et mon père ?

À cette mention, Dana fronça le nez.

— Nous avons prévenu tout le monde, ton père compris. Je t'assure, le mieux que tu aies à faire est de considérer que tu es en visite. Profite de Londres ! lança-t-elle. Tu auras tout ce dont tu as besoin.

— Non ! se révolta le garçon, je veux voir ma mère ! Vous n'avez pas le droit, mon père va venir me chercher ! Je me fiche de vos secrets, vous ne m'impressionnez pas ! Je…

À bout d'arguments, il jeta sa chaise au sol et sortit en courant du patio. Dana ne fit pas un geste pour le rattraper et le regarda s'éloigner, partagée entre compassion et agacement. La situation était aussi improbable et douloureuse pour elle. Elle n'avait pas revu Lily une seule fois durant ces treize dernières années, suite à son refus de voir l'enfant que sa fille chérie avait eu avec ce magicien, une mésalliance qui la déshonorait.

Et voilà que Lily réapparaissait à Londres dans d'étranges circonstances, pour solliciter une requête encore plus étrange. L'entrevue de la veille avait été des plus orageuses et Dana pensait ne plus jamais revoir Lily après cela. Mais à présent la donne avait changé. Elle devait s'occuper de sa fille malade à nouveau, et en prime de ce petit-fils qu'elle avait toujours refusé de rencontrer.

Elle soupira. Elle avait eu ses raisons à l'époque, et l'attitude du garçon ne faisait que les conforter. Elle allait devoir prendre des décisions douloureuses. Il semblait bien que les choses étaient en train d'évoluer et de lui échapper. Était-ce l'âge ? Ou bien la lassitude ?

Elle n’avait rien vu venir et tout ce qu’elle avait minutieusement construit, année après année, menaçait de voler en éclats.

Résignée, elle saisit son téléphone et appela Archibald.

Gortyne, île de Crète
1 000 ans avant notre ère

— Je t'entends, Ô Muse, viens à moi! Chante pour moi Muse céleste, j'invoque ton aide !

L'incantation fusait dans l'air brûlant où se mêlaient les effluves de figuiers et de lauriers. Deux grands cyprès, encore verdoyants malgré la sécheresse de la terre alentour, gardaient l'entrée du labyrinthe sacré. Lassé de chanter et de tirer de sa lyre des airs lancinants, censés attirer et séduire les muses, le jeune homme s'enhardit à avancer un pied sur la margelle de marbre qui menait au dédale souterrain. Aussitôt, précédée d'un nuage scintillant, une force invisible le propulsa violemment à plusieurs mètres de l'ouverture. Il finit son vol plané au milieu des vignes qui bordaient le site interdit.

Lentement le nuage se dissipa, laissant apparaître une femme en robe blanche. Elle était d'une beauté à couper le souffle, le front ceint d'une couronne de fils d'or qui se perdaient dans sa chevelure rousse. En dissimulant son envie de rire sous un air furieux, elle considéra le jeune homme au visage encore enfantin, qui massait sa cheville meurtrie en grimaçant de douleur.

— Ne sais-tu pas qu'il est interdit de venir jusqu'ici ? lui demanda-t-elle, plus amusée que fâchée. Tu ne voudrais pas te perdre dans le labyrinthe de l'imaginaire, non ? Les mortels ne peuvent survivre ici. Minotaure y veille, c'est très dangereux !

Honteux, l'interpellé se mordit les lèvres.

— Pourquoi n'es-tu pas avec les autres, dans l'amphithéâtre de l'Odéon, à apprendre à conter et à chanter ? le relança la muse.

D'un geste gracieux de la main elle encouragea l'intrus à rejoindre ses compagnons que l'on distinguait au loin, entourés de jeunes filles qui riaient et applaudissaient en passant parmi eux. Certaines tenaient des plaques d'argile et des stylets pour noter les meilleures idées des jeunes apprentis poètes.

— Mille pardons, belle dame… mais mes semblables ne me comprennent pas… je voudrais tant créer une œuvre différente ! Des histoires qui défieraient l'éternité et que tous conteront encore lorsque même nos mémoires auront été effacées!

— Et bien, tu me sembles très ambitieux! As-tu demandé l'aide des nymphes ? interrogea la femme. Elles vous sont envoyées pour transmettre le don d'écriture que nous, Muses, accordons aux humains. Nous soufflons l'inspiration selon les talents et les mérites de chacun. Mais aucun mortel ne peut s'adresser à nous de son propre chef.

Le jeune homme baissa les yeux.

— Oui, ô Muse, mais rien ne m'apaise ! Je sens gronder en moi les mots sans pouvoir leur donner vie, et ma lyre reste sourde à l'élan de mon cœur !

— Et que voudrais-tu chanter ?

Les yeux brillant d'excitation, le poète exposa son idée. Les épopées que les poètes colportaient dans les villages, les histoires des fondateurs de cités mythiques et de rois, toutes ces aventures mystérieuses, remplies de créatures mi-hommes mi-dieux recevaient certes une grande estime de la part du public, mais pour sa part, le lassaient.

Attiré par la formation que dispensaient les nymphes aux aspirants poètes dans le fameux amphithéâtre, il avait accouru de sa province, bien déterminé à devenir un grand conteur. Comme lui, des milliers d'aventuriers venaient recevoir l'inspiration offerte généreusement par les muses, qu'on disait filles des dieux et protégées des humains par un farouche gardien, le Minotaure, mi-homme, mi-taureau. Personne ne pouvait les approcher. Seules les nymphes, leurs fidèles suivantes pouvaient les rejoindre à la nuit tombée, porteuses des idées des futurs poètes, qu'elles récoltaient sur des tablettes de cire.

Partout en ces lieux régnait la plus grande frénésie créatrice, entre joutes verbales et lectures inspirées. Cependant, malgré tous leurs efforts, les nymphes peinaient à comprendre ce jeune homme fougueux. L'inspiration qu'elles rapportaient des profondeurs du labyrinthe de l'imaginaire n'était pas à la hauteur de ce qu'il espérait ; et toujours il paraissait déçu et insatisfait, au grand désarroi de ces dévouées servantes.

— Je voudrais m'adresser aux plus petits, expliqua-t-il à la muse. Aux enfants, à ceux qui ne comprennent pas encore les hauts faits des héros et des dieux, mais sentent en leur cœur la vérité du courage, de l'espoir, de l'innocence… Je voudrais conter des histoires dont les héros seraient aussi des enfants, des personnes du peuple comme nous, ou même des animaux, à qui il arriverait des aventures extraordinaires… et où la morale l'emporterait, où les plus faibles seraient récompensés de leurs vertus !

Impressionnée par sa détermination, la muse considéra l'enfant poète. Lentement, comme si elle écoutait une voix venue du fond du labyrinthe elle se pencha vers lui et tendit la main à l'adolescent dont les yeux s'écarquillèrent de stupeur.

— Viens avec moi, lui dit-elle doucement. Il se pourrait bien que ton idée ait de l'avenir.

Le jeune homme suivit la muse en boitant à cause de son pied blessé. Avant de pénétrer dans les profondeurs luminescentes du labyrinthe, il jeta un dernier coup d'œil vers l'Odéon au lointain, avec le sentiment de triomphe de celui qui sent s'accomplir sa destinée.

3

— Voudriez-vous me dire, s'il-vous plaît,
par où je dois m'en aller d'ici ?
— Cela dépend beaucoup de l'endroit où tu veux aller.
— Peu importe l'endroit...
— En ce cas, peu importe la route que tu prendras.

Lewis Carroll (Alice au pays des Merveilles)

Arthur était désespéré. C'était trop injuste. Voilà qu'il était désormais obligé d'obéir à une femme qui ne s'était jamais souciée de lui et qui refusait de le laisser voir sa mère. Mais pour qui se prenait-elle à la fin ? Elle croyait pouvoir diriger tout le monde comme ça ? Son père avait bien raison de refuser d'entendre parler d'elle, prétendant qu'elle ne faisait que leur créer des ennuis. Les rares fois où Arthur avait entendu ses parents se disputer, lorsqu'il était tout petit, c'était uniquement à son sujet. Lily pleurait à chaque fois et immanquablement son père finissait par quitter la maison en claquant la porte. Pour épargner leur fils et leur mariage, ils avaient décidé de ne plus aborder le sujet. Lorsqu'Arthur demandait ce qui se passait, ils lui répondaient qu'il était trop petit pour comprendre. En tous cas, il n'était pas trop petit pour se poser des questions et se sentir mis à l'écart.

Et voilà que ça recommençait ! Dana aussi le trouvait trop jeune pour comprendre ! L'indignation le faisait trembler de tous ses membres. Depuis le pub où il venait de se réfugier, à deux pas de la maison de sa grand-mère, il considérait ses options affalé sur une banquette, devant un chocolat chaud. Il n'avait pas d'argent sur lui et était bien trop fier pour rentrer. Personne ne lui faisait jamais confiance ! Tout le monde se moquait toujours de lui, parce qu'il était dans la lune. Oui, il préférait répéter ses tours tout seul dans son coin que de se mêler aux autres, mais ça ne l'empêchait pas de se tenir parfaitement au courant de la vie et de comprendre pas mal de choses sur les adultes. Émile et Yasmine lui manquaient terriblement, et il ne pouvait même pas les appeler. Il avait oublié son nouveau portable dans cette fichue maison !

Broyant du noir, le regard perdu au loin, il sursauta lorsqu'une main tira la chaise devant lui.

— Do you mind?

Archibald s'assit sans attendre de réponse et commanda aussitôt une pinte de bière brune assortie d'un copieux breakfast.

— Well, je vois que tu as découvert mon repère ? Le Hereford Arms est un des plus vieux pubs de Londres. Je me rends ici chaque matin, le meilleur moment de la journée ! Mais si tu veux faire couleur locale, my boy, tu vas devoir essayer nos spécialités. On n'est pas trop « chocolat chaud » par ici.

Méfiant, Arthur considéra le vieil homme. Il dut s'avouer qu'il n'était pas mécontent de voir un visage connu. L'Anglais avait troqué son haut de forme et sa redingote contre un costume de tweed, rehaussé d'une lavallière. Le serveur posa devant eux deux assiettes regorgeant d'œufs brouillés, de saucisses grillées, de haricots rouges et de toasts beurrés. Arthur n'avait pas touché au plateau du petit déjeuner chez Dana et il mourrait de faim. Les gargouillis dans son estomac eurent raison de sa colère et l'adolescent saisit sa fourchette avec reconnaissance. En face de lui, Archibald dégustait sa bière comme si de rien n'était.

— Elle vous a envoyé me chercher, c'est ça ? lui lança Arthur, une fois son plat à moitié dévoré.

— Qui ça ?

— Ma grand-mère ! Enfin Dana…

— Non, pourquoi ? lui demanda Archibald en plissant les yeux. Tu as besoin qu'on vienne te chercher ?

— Non, murmura Arthur, soudain honteux. C'est juste que… je ne comprends rien, pourquoi je ne peux pas voir ma mère ?

Le vieil homme planta son regard droit dans le sien et l'éclat qui brillait au fond de ses yeux hypnotisa le garçon.

— Tu aimes les histoires, my boy ? Ta maman te racontait-elle des contes lorsque tu étais petit ?

Archibald repoussa son assiette et se redressa sur sa chaise.

— Je vais te raconter une histoire qui s'est passée il y a bien longtemps déjà. Une histoire belle et triste comme il se doit, off course. Il était une fois une princesse d'une grande beauté, adorée de son prince et de son peuple. Ils vivaient heureux dans un pays caché, où rien ne pouvait les atteindre. La princesse eut plusieurs filles, neuf exactement, mais une en particulier faisait sa joie et sa fierté. Elle lui ressemblait beaucoup et la princesse était sûre qu'un jour elle lui confierait les clés du royaume. Seulement voilà, fit Archibald en écartant les mains, comme dans toutes les histoires, les ennuis surgirent ! Le bonheur des souverains créa des jalousies et d'autres, disons, personnages… voulurent leur part du gâteau.

Well, pour faire court, il y eut une grande bataille, le prince fut tué et la princesse dut fuir avec sa famille en abandonnant sa fille chérie qui garda le royaume dans l'espoir de leur retour. La princesse jura de se venger et de retrouver son rang lorsque tout danger serait écarté, mais vois-tu, les ennemis étaient coriaces et la menace réelle. La princesse et ses filles changèrent de vie, d'identité, mais elles ne revirent jamais celle qu'elles avaient laissée derrière elles. Le cœur blessé de la princesse se durcit et elle finit par ne plus éprouver d'amour, tant elle était absorbée par sa volonté de vengeance. Mais un jour sa fille adorée parvint à quitter le royaume, eut un enfant à son tour et voulut revoir sa famille. La princesse ne fit pas un geste pour les accueillir dans sa nouvelle demeure. Elle avait bien trop peur d'attirer ses ennemis sur eux et de briser l'apparente tranquillité de sa vie si chèrement acquise, mais surtout… de perdre sa vengeance.

Archibald soupira.

— Dans le fond, elle n'est pas si dure. Elle ne sait juste pas comment faire…

— Vous parlez de ma grand-mère là ? La princesse de l'histoire, c'est elle ? Elle refuse de voir ma mère, c'est à cause de mon père, hein ? Elle n'a pas accepté leur mariage, elle ne m'a pas accepté, moi non plus…

— Yes, my boy, c'est bien d'elle dont il s'agit. Mais c'est plus compliqué que cela, elle veut juste te protéger. Il faut nous faire confiance, tu n'as rien à craindre de nous. Ta mère est en sécurité et il n'y a rien que tu puisses faire pour elle pour le moment.

Arthur restait dubitatif, bien joli le conte, mais il ne suffisait pas à tout expliquer.

— Et ces ennemis dont vous parlez ? Je ne suis pas idiot, pas la peine de me raconter un conte de fées, c'est la mafia ou quoi ? Et pourquoi vous n'appelez pas la police ? Ou alors c'est vous qui êtes recherchés, c'est ça ? Vous êtes des fugitifs ?

— La mafia ? Des fugitifs ? My God ! s'exclama Archibald. Ah, les jeunes d'aujourd'hui… Bien sûr que non ! Je laisse ta grand-mère aborder ce sujet lorsqu'elle en jugera l'heure venue. Pour ma part, j'aurais préféré qu'elle le fasse plus tôt, mais bon… elle en a décidé ainsi. Quant à la police, je crains que cette affaire soit bien en dehors de ses compétences… C'est assez privé, disons.

Arthur hocha la tête, encore méfiant.

— Ceci dit, je ne crois pas du tout que tu sois un idiot, rajouta Archibald. Mais tu sais, les contes de fées dissimulent parfois des vérités profondes, je suis bien placé pour le savoir.

Sur ces paroles énigmatiques, le vieil homme finit sa bière et se leva d'un coup, en se hissant à l'aide de sa canne.

— Come on, Arthur, en route. Je t'emmène au Pays des Merveilles !

Intrigué, l'adolescent avait suivi Archibald dehors et contemplait à présent une grande bâtisse qui fermait l'angle de la rue, juste en face du pub dont ils venaient de sortir. Tout à sa colère, il était passé devant en courant sans la remarquer. Pourtant, les grandes baies vitrées qui l'entouraient ne laissaient rien perdre de l'activité frénétique qui y régnait, même à cette heure matinale. En levant les yeux sur l'enseigne au-dessus du fronton, le garçon reconnut immédiatement les lettres dorées enroulées autour d'un Peter Pan qui prenait son envol, pour les avoir vues tant de fois sur les livres que sa mère lui offrait : le logo de «Neverland Ltd», la fameuse maison d'édition de sa grand-mère.

Lily lui avait expliqué que Dana avait repris une vieille librairie à Londres, et qu'au fil des années, elle avait acquis une certaine renommée dans l'édition de contes pour enfants. Une collaboration audacieuse avec de jeunes auteurs prometteurs et des illustrateurs confirmés avait réussi à relancer le genre, et aujourd'hui, les albums produits par la petite maison indépendante s'arrachaient dans le monde entier. Cela expliquait certainement le luxe dans lequel vivait Dana.

À peine visible depuis la rue, une minuscule allée s'ouvrait entre la maison aux allures futuristes et celle de sa grand-mère. Archibald s'y engagea d'un pas vif. Arthur le suivit dans l'étroit passage qui débouchait sur une petite cour. Au centre trônait une vieille boutique à l'allure improbable, tout droit sortie d'un conte de Dickens. Avec sa façade décrépie et son toit d'ardoises menaçant de s'écrouler, c'était un miracle si elle tenait encore debout. Au-dessus de la porte, une plaque rouillée en forme de livre ouvert luttait pour s'imposer au milieu du lierre grimpant qui rongeait toute la façade de briques rouges. On y discernait encore quelques lettres gravées. Fairy Books, put lire Arthur.

Archibald sortit une clé de sa poche et ouvrit la porte qui grinça sur ses gonds. Du sol au plafond de la petite boutique, des centaines de livres s'empilaient, certains en vrac, d'autres soigneusement protégées derrière des vitrines en verre teinté. L'air sentait le vieux cuir et le papier jauni, mais pas une once de poussière ne flottait dans l'atmosphère paisible.

— Bienvenue dans mon royaume, my boy ! Tu as devant toi à peu près tous les livres connus traitant des contes et légendes depuis l'invention de l'imprimerie, fit Archibald avec fierté. Cette librairie a été fondée en 1909, rends-toi compte, voilà plus d'un siècle !

Arthur était fasciné, jamais il n'avait admiré tant de livres précieux. Des centaines de couvertures en cuir rouge, frappées de lettres d'or dans toutes les langues, s'affichaient fièrement sur tout un pan de mur au-dessus d'une caisse enregistreuse d'un autre âge. Un immense recueil, presque aussi haut que le garçon était posé au pied du comptoir. Arthur déchiffra le titre énigmatique en vieux français « le Cabinet des fées, à fin d'estudes et autres impressions ».

Archibald s'était installé dans un fauteuil bas en cuir, griffé et lacéré de toutes parts. Arthur crut apercevoir un chat au fond de la boutique, mais déjà l'animal s'était enfui, ne laissant apparaître qu'un bout de fourrure blanche.

— J'ai mis des années à collecter ces ouvrages, expliqua Archibald, depuis que j'ai racheté le fonds en 1960. J'ai toujours connu la librairie ainsi. Du coup, lorsque Dana et moi avons créé Neverland Ltd, nous avons tenu à la laisser telle quelle, même si cela fait un peu vieillot de nos jours. Mais la clientèle apprécie.

Arthur écoutait d'une oreille distraite tout en cherchant un siège pour se poser. En tournant dans l'espace réduit, il percuta une pile de livres et s'y étala de tout son long. Il profita de ce qu'Archibald semblait perdu dans ses rêveries pour entasser tant bien que mal les volumes le long d'un mur, puis se résigna à s'asseoir sur le tapis, sans plus oser bouger.

— Hum, ... reprit le vieux libraire, je vois que les livres te passionnent !

Il tendit le bras vers une vitrine et en sortit un petit volume blanc.

— Tiens, prends au moins celui-ci. J'aimerais qu'il te revienne.

Surpris par le cadeau, Arthur remercia et regarda la couverture sur laquelle était gravé le dessin d'un petit enfant nu jouant du pipeau, entouré de créatures ailées. « Peter Pan in Kensington gardens », proclamait le titre en lettres rouge. À peine prit-il le livre en main que celui-ci se mit à vibrer doucement, comme s'il respirait ! L'espace d'une fraction de seconde, Arthur crut voir l'enfant lui faire un clin d'œil espiègle ! Il regarda de plus près, mais évidemment, l'image ne bougea pas. La pénombre de la librairie et l'étrangeté de la situation lui jouaient des tours !

Méfiant, il reposa le livre au sol et se força à se concentrer sur ce que lui disait Archibald qui continuait, comme si de rien n'était, à raconter l'histoire de sa librairie.

— C'est une édition originale très rare, you know, très recherchée par les collectionneurs. Mais je ne me suis jamais résigné à la vendre. Lorsque je suis arrivé ici, c'est le premier livre que j'ai vu posé sur le comptoir et j'aime à croire que James Barrie l'y a déposé en personne avant de quitter les lieux.

Arthur lui jeta un regard incrédule. James Barrie était bien le nom écrit sur le livre qu'il venait de lui donner.

— Mais oui, Barrie vivait dans la maison voisine, celle de ta grand-mère aujourd'hui. Il y écrivit bon nombre de ses livres, bien avant son célèbre Peter Pan dont tu détiens maintenant une édition rarissime. Mais ce n'était pas facile pour lui d'être écrivain. Son ménage battait de l'aile et pour continuer ses activités en secret de sa femme, il acheta ce commerce, pour en faire son bureau. Dans l'arrière-boutique, il aménagea même un petit appartement pour les soirs où il se perdait dans son écriture et ne souhaitait pas déranger sa femme en rentrant. Il prétendait faire des affaires, mais en réalité il écrivait. L'écriture peut devenir la plus exigeante des maîtresses…

Archibald fit une pause désignant le bout du couloir qui s'ouvrait derrière le comptoir.

— C'est ici que je continue d'habiter. J'aime croire que l'atmosphère des lieux a inspiré à James Barrie son œuvre majeure. Tu croyais connaître l'histoire de ce cher Peter Pan ? Lis donc ce livre, c'est la version originale non édulcorée. Tu m'en diras des nouvelles !

Arthur le dévisagea, incrédule. Archibald ne s'imaginait tout de même pas qu'il allait réellement lire un livre en anglais ! Mais le vieil homme avait replongé dans ses souvenirs, ignorant la stupéfaction d'Arthur.

— Par la suite, lorsque Barrie a déménagé après son divorce, la maison est devenue cette librairie spécialisée dans les contes, au moment même où Peter Pan rencontrait le succès. Après la Deuxième Guerre mondiale, tout cela est resté à l'abandon, jusque dans les années soixante, où le quartier a repris vie. Quant à moi, j'ai racheté la librairie à cette époque, ainsi que l'immeuble qui abrite maintenant Neverland Ltd. C'est comme cela que j'ai connu Dana. Elle est arrivée un jour dans ma librairie, elle venait d'hériter de la maison des Barrie et cherchait des bureaux pour sa maison d'édition. Nous avons alors convenu qu'elle louerait l'immeuble et que moi je continuerais à tenir ma petite boutique. Et je persiste, vaille que vaille, malgré l'âge qui avance !

— Vous n'avez donc pas d'enfants ? se hasarda Arthur.

— Hélas, non, my boy. La vie ne m'a pas offert cette chance.

— Et, heu… je peux vous poser une question ?

Archibald leva un sourcil interrogateur.

— Ma grand-mère et vous, vous êtes… fiancés ?

Cette fois, le vieil homme éclata franchement de rire.

— Qu'est-ce que tu vas chercher là ? Bien sûr que non ! J'admire grandement Dana, mais non, rien de tel entre nous. Non, j'ai bien été amoureux autrefois, vois-tu, mais c'est de l'histoire ancienne… la vie passe !

Embarrassé d'avoir remué des souvenirs pénibles, le garçon se réprimanda intérieurement. Il faudrait vraiment qu'il apprenne à se taire ! Mais Archibald ne semblait pas lui en vouloir.

— Dana et moi sommes de vieux amis, nous avons beaucoup en commun, nous nous comprenons, et… I hope so, nous avons une profonde affection l'un pour l'autre. Je souhaite qu'un jour tu puisses la voir telle que je la vois. À la mort de mes parents, elle m'a beaucoup épaulé et conseillé. Ce n'était pas évident de se retrouver dans ma situation, à la tête d'une fortune… Ah, oui, je vois à ton air que j'ai dû omettre ce détail, pardonne-moi, j'oublie parfois. Ma mère était une lady Mc Leah, un ancien clan qui descend tout droit des rois d'Écosse, et qui je le crains, s'arrêtera avec moi. Elle m'a légué ses biens, et j'en ai profité pour acheter la librairie et me consacrer à ma passion pour les livres anciens. Puis j'ai investi dans les projets de Dana et dans une certaine idée qui a eu de l'avenir… mais tu verras cela plus tard.

Arthur enregistra l'information, voilà qui expliquait le jet et tout ce luxe dont il profitait depuis son arrivée à Londres. Sa grand-mère était certes aisée, mais pas millionnaire, au contraire d'Archie qui semblait avoir fait de bons placements.

— Mais je parle, je parle, je dois t'ennuyer avec mes radotages. Tiens, que dirais-tu de visiter la fabrique d'histoires de Dana ? reprit-il en se levant prestement.

— Vous voulez dire Neverland ? Je veux bien mais vous savez moi, les livres…

— Hum ! J'ai cru comprendre, oui. Mais si je te disais qu'il existe un département entier consacré aux livres de magie et aux plus grands magiciens depuis Houdini ! Neverland Ltd ne publie pas que des contes. Ils se diversifient, époque oblige, vers tout ce qui touche l'imaginaire et il y a même je crois des coffrets, comme ils disent maintenant, avec des tours, ou bien est-ce…

Mais Arthur était déjà devant la porte et ne l'écoutait plus. À la seule mention du mot magie il avait filé, trop content d'échapper à cette étrange boutique. Le livre de Peter Pan au fond de sa poche semblait vibrer d'excitation, transmettant son impatience au garçon.

Neverland… un nom plein de promesses.

4

De toutes les îles enchantées,
le Pays Imaginaire est le plus douillet...

James Barrie (Peter Pan)

La lumière le frappa de plein fouet, le forçant à plisser les yeux. Après avoir suivi Archibald à travers un passage intérieur qui séparait la librairie de la maison d'édition, Arthur se retrouva plongé dans un autre monde.

Le soleil pénétrait à flots dans la pièce, éclaboussant les murs blancs. Dès qu'il se fut accoutumé, Arthur nota l'activité qui régnait dans la société. Partout des jeunes femmes s'affairaient, répondaient au téléphone en jonglant avec une tasse de thé et leur clavier d'ordinateur, ou passaient à vive allure les bras chargés de croquis À part quelques bribes de conversation fusant de ci de là, l'ambiance restait assez silencieuse et concentrée.

Une des secrétaires leva le nez de son poste et aperçut le garçon planté au milieu de l'accueil. Il était assez inhabituel en ces lieux de voir quelqu'un immobile. Elle soupira et lui sourit gentiment. « Encore un stagiaire qui s'est perdu », pensa-t-elle en s'apprêtant à le prendre par l'épaule pour le renvoyer dans son service. Mais lorsqu'elle vit Archibald derrière Arthur, son geste se figea et elle écarquilla les yeux, la bouche béante de surprise.

— Et bien, Daphné, quelle drôle de façon d'accueillir les invités ! lança le vieil homme. Mon jeune ami aimerait bien bénéficier d'une visite guidée, pouvons-nous entrer ?

La jeune femme se reprit et lissa sa jupe d'un geste nerveux. Mais la scène n'avait pas échappé aux autres employées qui avaient interrompu leur travail et regardaient à présent l'adolescent rougissant, gêné d'attirer d'attention.

Archibald s'amusait beaucoup, mais sur un signe de sa part, toutes filèrent sans demander leur reste, le nez baissé, et l'activité reprit de plus belle.

— Viens mon garçon, lui enjoignit Archibald, cette partie du rez-de-chaussée abrite les services administratifs. Rien de bien amusant, allons plutôt voir le studio de création, je parie que ça va te plaire !

Sans plus de préambule, il poussa une double porte en verre poli qui barrait la moitié de la pièce, forçant Arthur à lui emboîter le pas. Derrière lui, l'adolescent entendit chuchoter les secrétaires et réussit à comprendre quelques bribes de leurs exclamations : « c'est le garçon ? ... déjà ?... tu crois qu'il sait ?... » mais lorsqu'il se retourna elles s'éparpillèrent comme un essaim d'abeilles, le laissant perplexe.

De l'autre côté du rez-de-chaussée, l'atmosphère changeait radicalement. Personne ne releva leur arrivée. Un silence réconfortant baignait le studio, à peine rompu par le discret clapotis d'une fontaine qui se dressait au centre de la pièce. Tout autour du jet d'eau étaient disposées des tables de dessinateur à plan incliné, sur lesquelles se penchaient des illustratrices, encore des jeunes femmes, extrêmement concentrées sur l'exécution de leur croquis.

Arthur n'osait pas bouger, de peur de casser quelque chose, maladroit comme il l'était. Il n'avait pas trop envie non plus d'attirer à nouveau tous les regards sur lui. Il se tint discrètement derrière Archibald qui allait d'une table à l'autre. Le calme et la concentration des artistes étaient agréablement contagieux : une douce torpeur le saisit, et pour la première fois depuis son arrivée à Londres, il se sentit bien, apaisé.

Le studio de création se trouvait à l'arrière du bâtiment et était totalement dépourvu de fenêtres. Pourtant, la pièce aux murs nus bénéficiait d'une lumière laiteuse qui changeait d'intensité sur un rythme très lent, rappelant celui d'une respiration. Arthur réalisa alors que la clarté provenait en réalité de la fontaine. Ou plutôt d'une sphère opalescente qui ondulait en son centre, bercée par le clapotis de l'eau. Des étincelles jaillissaient par moments à la surface de la boule, en une explosion de filaments de couleurs.

De temps à autre, les illustratrices jetaient un œil curieux au garçon, ou lui adressaient un sourire timide, cherchant à lier un contact malgré la présence dissuasive d'Archibald. Imperturbable, celui-ci continuait son inspection, et posait parfois des questions aux créatrices sur l'avancement de tel ou tel projet. Il semblait particulièrement intéressé par plusieurs crayonnés de ce qui ressemblait à un dragon. Il fit signe à Arthur de venir voir de plus près.

— Je te présente le dernier né de Neverland, Drago, il n'est pas encore bien défini mais on y est presque. Ces demoiselles ont pour mission de créer un nouveau personnage qui passera du conte au dessin animé. C'est un nouveau challenge pour Neverland et tout le monde est très excité ! Ici, les artistes dessinent les premières silhouettes, c'est une sorte de laboratoire d'idées… mais à l'étage se trouve un grand studio numérique, avec des moyens bien plus modernes. Tout ce que tu vois ici, reprit Archibald, est envoyé là-haut, où seuls les dessins les plus inspirés auront une chance de survivre et seront étoffés par la magie du numérique.

Archibald sourit à la dessinatrice qui lui tendait son ébauche.

— Il a fallu du temps pour convaincre ta grand-mère, elle ne jure que par le dessin à l'ancienne. Mais les temps changent, les enfants demandent de la nouveauté, alors on s'adapte ! C'est une belle aventure, aussi, je suis sûr que James Barrie aurait adoré voir ça !

L'illustratrice récupéra son dessin et tendit son crayon à Arthur.

— Tu veux essayer ? dit-elle. Laisse l'inspiration te guider, easy !

Comme Archibald ne semblait pas s'y opposer, Arthur prit le crayon et commença à tracer des lignes sur le croquis déjà esquissé par la jeune femme. Sans conviction et sans trop savoir quoi ajouter. Peu à peu, il se prit au jeu, sentant son cerveau bouillonner : les idées fusaient dans son esprit comme des évidences, comme si le lieu l'inspirait. Il se mit à crayonner avec une joie enfantine. La graphiste l'encouragea du regard, ravie de le voir se lancer.

— Euh… et pourquoi pas des yeux plus grands, et une petite moustache fine comme Mandrake ? Et une cape ?

Sous les coups de crayon à présent maîtrisés d'Arthur, la créature se para d'une cape rouge qui semblait claquer au vent, lui donnant des allures de super-héros.

— Et bien, ton idée va remonter et peut-être sera-t-elle développée, qui sait ? glissa Archibald en lui reprenant le crayon. Allez viens, le meilleur reste à venir.

À contrecœur, le garçon abandonna le studio et remercia la dessinatrice qui lui fit un clin d'œil dans le dos d'Archibald. Ils sortirent en silence et se dirigèrent vers un escalier étroit.

— Archibald, pourquoi n'y a-t-il que des femmes ici ? questionna soudain Arthur en suivant le vieil homme.

— Bonne question, my boy ! Dana estime que les femmes sont plus inspirées, et… plus inspirantes aussi je présume. Pourquoi ? Tu ne trouves pas cela agréable ?

Arthur rougit pour la deuxième fois et préféra ne pas creuser la question. Archibald dissimula un sourire en coin. Le garçon commençait à lui être sympathique.

À l'étage, l'ambiance était très différente. Toutes les surfaces disponibles disparaissaient sous des centaines de croquis venant du studio, la plupart punaisés autour d'un immense écran plat qui occupait tout un mur. Une dizaine de jeunes femmes travaillaient, les unes nonchalamment installées sur des gros coussins ou sur d'étranges fauteuils bas aux pieds relevés, les autres marchant dans la pièce, riant fort et échangeant des idées avec force démonstrations d'enthousiasme. Des coupelles débordantes de sucreries et de bonbons acidulés, ainsi que de nombreuses tasses de thé jonchaient les tables. À première vue on ne se serait certainement pas cru au sein d'une des entreprises les plus florissantes de Londres, mais au beau milieu d'une réunion d'amies.

Quelques-unes annotaient les croquis, ou écrivaient à l'aide d'un stylet sur des tablettes numériques flexibles, qui rappelèrent à Arthur son nouveau portable. D'ailleurs, à bien y regarder, cette technologie envahissait tout l'espace, de l'écran géant fixé au mur, aux rouleaux de tailles diverses qui jonchaient les tables et le sol et qu'Arthur soupçonna être des écrans roulés. Lorsqu'elles virent arriver le garçon, les filles se précipitèrent vers lui et l'entourèrent pour le saluer. Arthur ne comprenait pas toutes leurs questions qui fusaient moitié en anglais, moitié dans un français approximatif, entrecoupées de rires cristallins et de sourires encourageants. Les plus hardies lui effleurèrent la joue, lui prirent le menton pour mieux le regarder, déclenchant une nouvelle crise de gêne chez l'adolescent.

— He's so cute, trop mignon!

— Welcome!

— Come on, Arthur, nous sommes ravies de te voir!

Archibald mit fin à cette effusion en frappant dans ses mains. Telles des enfants effarouchées, les artistes se dispersèrent aussitôt et reprirent leur activité, non sans continuer à lui lancer des regards amusés et complices.

— Ne fais pas attention à elles, l'arrivée du petit-fils de la patronne est un événement, elles veulent tout savoir de toi ! lui expliqua Archibald.

Arthur esquissa un sourire timide en direction des jeunes femmes.

— De plus, continua Archibald, personne ne vient

jamais ici, leur travail est primordial pour l'entreprise et est protégé par Dana comme un secret d'État. Ces jeunes dames que voici sont certainement les employées les plus choyées de Londres ! Dana ne leur refuse rien. Mais je t'en prie, visite à ton aise. J'ai un courrier à déposer dans un autre service, je viendrai te chercher un peu plus tard, d'accord ?

Un peu angoissé, Arthur regarda son guide s'éloigner. Aussitôt les jeunes femmes s'approchèrent de lui et l'entourèrent à nouveau jusqu'à ce que l'une d'entre elles, qui s'était tenue à l'écart depuis son arrivée en l'observant d'un air perçant, leur fasse signe de s'écarter.

D'un geste, elle invita Arthur à la rejoindre à côté d'elle sur un canapé.

— Hello, je suis Calliopé, je parle ta langue, mais excuse mon accent, dit-elle d'une voix chantante qui le charma immédiatement.

Elle semblait un peu plus âgée que ses consœurs et Arthur en déduisit qu'elle devait être une sorte de chef dans ce bureau.

— Je te présente Clio et Poly, lança-t-elle en direction des jeunes femmes qui les rejoignaient.

Arthur nota que comme Calliopé, les deux femmes portaient leurs longs cheveux roux en chignon lâche, dont s'échappaient des mèches rebelles qui retombaient sur leurs épaules. Il fut troublé par leur ressemblance, jusque dans les regards bleu profond qu'elles posaient sur lui, et qui l'espace d'un instant, lui rappelèrent celui de Dana. En son for intérieur, il espéra qu'elles ne soient pas aussi tranchantes que sa grand-mère.

— Voici également Terrie et Mel, Terpo, Urania et enfin Erynn.

À présent entouré de toutes les jeunes femmes présentes, Arthur put les détailler à loisir. Mel lui fit une sorte de révérence grandiloquente avant de s'asseoir à son tour et le garçon admira la grâce de ses gestes. Moins démonstratives, Terpo et Erynn, qui semblaient les plus jeunes, le saluèrent d'un simple geste. Comme Mel, Terpo était blonde, ses cheveux courts encadrant un visage expressif souligné par des piercings au nez et au sourcil. Erynn lui plut instantanément, avec ses mèches roses et son T-shirt orné d'un Tardis et proclamant I'm the doctor. Elle semblait la plus rigolote du lot. Terrie et Urania qui l'avaient déjà salué à son arrivée se contentèrent de s'asseoir, marquant une certaine réserve à son égard.

— Nous sommes chargées d'écrire les histoires et d'inventer une vie aux personnages que les créatrices du studio dessinent, reprit Calliopé. La plupart du temps pour des albums de contes, mais en ce moment nous travaillons sur un film d'animation. Mais je crois que tu le sais déjà non ?

Arthur acquiesça. Avec toutes ces jeunes femmes qui le dévisageaient il se sentait un peu intimidé. Il se demandait ce qu'elles attendaient vraiment de lui. Il craignait tellement de dire une idiotie qu'il se retint de parler.

— Nous sommes si contentes de te voir ! s'exclama Clio. Le fils de Lily ! Nous ne pensions pas te rencontrer un jour… c'est un grand honneur pour nous.

À la mention de sa mère, Arthur se crispa, ce qui n'échappa à personne.

— Vous connaissez ma mère ?

— Well, oui, nous l'avons vue une fois ou deux… répondit Calliopé soudain visiblement gênée. Mais c'était bien avant ta naissance… Tu veux voir comment nous travaillons ?

Aussitôt, elle lança une commande sur sa tablette, la lumière déclina dans la pièce tandis que l'écran géant s'éclairait. Un dessin apparut, le petit dragon avec ses moustaches fines et sa cape de magicien à peine esquissés quelques instants plus tôt par Arthur. Dans un cadre en haut de l'écran, une modélisation en 3D du même personnage se mit à tourner sur lui-même.

— Tu vois, expliqua Calliopé en lui montrant le

modèle en relief, c'est comme une statuette sans vie. Toute la forme du personnage est là, mais il manque encore l'habillage. Si tu veux bien, nous allons essayer avec ton dessin.

Sous les yeux émerveillés d'Arthur, le croquis du dragon se mit à onduler comme un drapeau agité par le vent et vint se coller sur les formes du modèle jusqu'à en épouser les contours. À présent revêtu de son habit coloré et de sa cape de magicien, arborant fièrement sa petite moustache, le dragon prenait vie et ne demandait qu'à commencer ses aventures. Encouragée par la réaction d'Arthur, Calliopé lança quelques commandes à ses consœurs et toutes se mirent à pianoter sur leur tablette. Le dragon se para de nouvelles couleurs, il devint rouge, puis bleu turquoise avant de se fixer en jaune, avec une crête orange. Puis tout s'accéléra : un paysage de campagne apparut et le dragon se mit en mouvement. Il s'engagea sur un chemin en sautillant, fit frémir ses petites ailes. Sans crier gare, il s'envola d'un seul coup. Arthur applaudit. C'était vraiment ahurissant à voir. Quelques minutes plus tôt ce n'était qu'un petit dessin de rien du tout, issu de son imagination, et voilà que maintenant le dragon le saluait depuis l'écran !

Tout à son excitation, Arthur ne vit pas le temps passer et lorsqu'Archibald vint soudain lui taper sur l'épaule, il se rendit compte qu'il avait très faim et que l'après-midi était bien entamée.

Entre temps, le petit dragon avait évolué et même appris quelques mots de français. En l'honneur d'Arthur il fut décidé que le personnage garderait un accent frenchy. Le garçon dut prendre congé, non sans avoir embrassé toutes les jeunes femmes et promis de revenir bien vite les voir. D'un dernier salut de la main il quitta le studio avec Archibald.

En ce début d'après-midi, l'activité redoublait d'intensité dans la maison d'édition. Arthur dut faire un effort pour se rappeler où il se trouvait, tant son aventure au studio l'avait transporté hors du temps. Encore tout songeur, il se laissa guider dans un dédale de couloirs et se retrouva au cœur de Neverland Ltd, dans une sorte de boutique ultra moderne, bien loin de l'univers de la petite librairie d'Archibald.

— Je t'avais promis un coffret de magicien, lança celui-ci, et bien fais ton choix. La boutique de Neverland est à ta disposition… et si tu préfères prendre des livres, well, ce n'est pas moi qui te dénoncerais.

Ravi tel un enfant enfermé dans un magasin de sucreries, Arthur parcourut les rayons surchargés de livres. Il passa rapidement sur les romans d'heroïc fantasy, trop épais à son goût, et se figea soudain devant un présentoir dédié à la magie, sous le regard amusé d'Archibald. Tous les grands magiciens étaient là. Les maîtres anglais, bien sûr, comme John Anderson et Maskelyne, mais aussi les américains Thurston, Blackstone et évidemment Houdini.

Arthur sortit une à une les biographies sans pouvoir se décider, et finalement en sélectionna trois, dont une sur le français Houdin, le maître des maîtres. Il passa sans s'attarder sur les pseudos biographies de magiciens imaginaires comme Merlin, expliquant à Archibald que cela étonnait, qu'il n'était intéressé que par la vraie magie, celle qui repose sur la technique, et qu'il ne croyait pas aux histoires pour enfants.

Archibald renifla mais s'abstint de tout commentaire. Il lui présenta une boîte en forme de caissette médiévale, richement décorée.

— Et que penses-tu de cela ? Est-ce suffisamment technique pour te plaire ? lança-t-il un peu agacé par les réflexions du garçon sur la soi-disant vraie magie.

Arthur considéra le coffret qui contenait des cartes, des boules en mousse, des foulards de soie colorée, des faux pouces et autres accessoires que tout bon magicien se doit de posséder.

— Waouh, pas mal, admit-il, la présentation est très réussie. On dirait un vieux coffre, et le livre d'explications en forme de grimoire, sympa ! Je peux le garder ?

— Ravi que ça te plaise, my boy, il vient tout juste d'être mis en vente et a beaucoup de succès.

Aussitôt le garçon déballa un jeu de cartes et s'amusa de voir le logo frappé d'un Peter Pan au dos de celles-ci, remplaçant la célèbre image habituelle d'un ange à vélo, bien connue des manipulateurs de cartes en tous genres. Il mélangea les cartons et les présenta à Archibald.

— Prenez une carte, mais ne me la montrez pas.

Toujours maussade, le vieil homme s'exécuta tandis qu'Arthur mélangeait déjà les cartes restantes.

— Remettez-la dans le jeu maintenant, voilà…

— Humf, je suppose que tu vas la retrouver.

— Possible, répondit Arthur en étalant le jeu, couleurs visibles devant lui. C'était quoi votre carte ?

— Oh, une dame très originale… la reine de cœur.

Arthur dispersa les cartes, celle d'Archibald n'y figurait visiblement pas.

— C'est raté, votre carte a vraiment disparu. Vous ne m'en voulez pas, hein, on se serre la main quand même ?

Archibald saisit la main que le garçon lui tendait lorsqu'il sentit quelque chose lui chatouiller la paume. Au creux de sa main se trouvait une carte pliée en quatre : la reine de cœur !

Le tour eut raison de sa mauvaise humeur et il se surprit à sourire en retour au garçon qui affichait un air de victoire.

— Well, tu m'as eu, j'admets !

Arthur n'eut pas le temps de se réjouir. Des applaudissements retentirent dans son dos et aussitôt, Archibald se leva en s'appuyant sur sa canne pour accueillir la nouvelle venue.

— Et bien, c'est une première, mon cher Archibald, lança Dana depuis la porte d'entrée. Vous faire battre par un enfant de treize ans, vous baissez votre garde mon ami.

De bonne grâce, le vieil homme lui fit une révérence, et lança un clin d'œil complice à Arthur.

— Pour ma défense, Milady, il faut dire que ce garçon a de qui tenir… Je crois qu'il n'a pas fini de me surprendre. Viens my boy, allons déjeuner. Vous joindrez-vous à nous Dana ? reprit-il en fixant la grand-mère d'Arthur de façon insistante.

En rendant à Archibald son regard de défi, celle-ci accepta. Elle attendit qu'Arthur, qui ne savait pas trop comment se comporter après son éclat du matin, ait rassemblé ses affaires pour leur emboîter le pas. Ensemble, ils traversèrent à nouveau le hall devant les employées qui filaient sans s'attarder, non sans couler des regards curieux vers l'étrange trio. Manifestement, elles craignaient leur patronne et ne souhaitaient pas s'exposer à ses remarques. Archibald marchait devant, le regard pétillant de malice.

De nouveau Arthur se retrouva devant le pub qui fermait l'angle de la rue opposée, où des tables avaient été dressées sur une terrasse chauffée afin de profiter des rares rayons du soleil automnal. Les employées de Neverland s'y retrouvaient pour une pause déjeuner tardive, à en juger par les quelques jeunes femmes qui traînaient encore devant une tasse de thé. Arthur reconnut Calliopé et Polly qui lui firent un petit salut de la main. Cette familiarité n'échappa pas à Dana qui leva un sourcil interrogateur en direction d'Archibald.

— J'ai pris la liberté de proposer une visite guidée à notre invité, répondit celui-ci tout en s'installant à une table en terrasse. Ce fut très instructif, sur bien des points… et je crois qu'Arthur a mieux compris ce que nous faisons ici. N'est-ce pas my boy ?

— Euh, oui, bredouilla l'intéressé en piquant un fard. Neverland Ltd est une belle entreprise, et heu... merci pour les cadeaux.

Dana remarqua alors la pile de livres de magie et le coffret sur lesquels trônait le Peter Pan en édition originale. À la vue de ce dernier, elle ne put réprimer un petit mouvement de surprise. Archibald soutint son regard comme pour la défier de faire un commentaire, mais Dana ne broncha pas et s'assit à son tour avec précaution sur le banc de bois usé et taché. Son tailleur strict et ses hauts talons contrastaient avec l'uniforme des clients habituels, essentiellement des jeunes parents du quartier en jean et baskets. Arthur fut prêt à jurer que sa grand-mère ne venait pas souvent dans ce pub et ce détail l'amusa.

Archibald, quant à lui, paraissait parfaitement à l'aise, plongé dans la lecture de l'ardoise affichant les plats du jour. Ils formaient un groupe bien singulier et le garçon se surprit à penser qu'ils étaient désormais une famille. Il commençait à s'habituer aux manières guindées du vieil Anglais et à l'attitude hautaine de sa grand-mère. Même si sa mère et ses amis lui manquaient terriblement, il se sentait désormais capable de faire face à sa situation, du moins pour l'instant. La gentillesse de l'accueil de Calliopé et ses amies y étaient sûrement pour beaucoup ; pendant un moment elles lui avaient fait oublier ses chagrins et prendre un peu de recul. Les choses allaient s'arranger, il trouverait un moyen de voir sa mère et cette pensée le réconforta. Lorsque les plats commandés par Archibald arrivèrent, il se mit à dévorer avec enthousiasme les petits hamburgers servis avec des frites croustillantes et des anneaux d'oignons frits, sous l'œil mi-dégoûté, mi-amusé de Dana qui se garda bien de prendre part au festin, préférant s'en tenir à une simple tasse de thé sans sucre.

La trêve avec sa grand-mère fut cependant de courte durée. Peu de temps après ce déjeuner improvisé, une de ses assistantes vint la chercher pour signer un document et en femme d'affaires pressée, elle profita de l'occasion pour s'éclipser, laissant une fois de plus Arthur en tête à tête avec Archibald.

Le reste de l'après-midi s'écoula doucement pour le garçon. Archibald lui fit visiter le quartier, où lui expliqua-t-il, avaient vécu bon nombre d'écrivains célèbres, comme Beatrix Potter, la dessinatrice du fameux Peter le lapin, ou encore Sir Conan Doyle qui venait régulièrement boire sa pinte au Hereford Arms.

De retour dans sa chambre après une journée somme toute bien remplie, et le cœur un peu moins gros qu'à son arrivée, Arthur se précipita sur son portable pour appeler Yasmine. Quand le visage de son amie apparut, il faillit fondre en larmes. Que de choses en une journée ! Il lui semblait être parti depuis des semaines. La vie du collège lui paraissait irréelle, très loin, comme de vieux souvenirs. Aussi, quand la jeune fille lui raconta les derniers potins de la classe, il eut un peu de mal à se concentrer, mais il se reprit et se laissa bercer par le flot de paroles. Yasmine cachait son trouble à sa façon, en parlant beaucoup pour ne pas laisser deviner ses sentiments mais elle s'inquiétait pour son ami. Elle n'osait pas le questionner sur sa mère, attendant que le garçon en parle le premier. Il n'eut pas à le faire ; la porte de la chambre de Yasmine s'ouvrit à la volée et Émile se précipita devant la webcam pour parler à Arthur.

— Salut vieux, comment ça se passe à Londres ? Comment va ta mère ?

Yasmine lui décocha un coup de coude dans les reins pour le faire taire et reçut en retour un regard furieux.

— Quoi ?? Qu'est-ce que j'ai encore dit ? fulmina Émile. Elle est folle cette fille ! Arthur reviens vite, elle va finir par me rendre dingue !

— Et qu'est-ce que tu fais là, d'abord, demanda Yasmine. Mes parents laissent vraiment entrer n'importe qui…

— Tu crois vraiment que je vais te laisser discuter seule avec mon pote ? C'est pas parce que j'ai pas d'ordinateur comme Mademoiselle-j'me-la-pète que je vais rester hors-jeu !

Finalement, pensa Arthur, Nantes n'était plus si loin. Ses deux meilleurs amis se disputaient sous ses yeux, rien n'avait changé de ce côté-là. Amusé, il les écouta un moment échanger des amabilités puis se rappela à leur souvenir.

— Oh, hé ! Je suis là ! Ça vous dérangerait pas de vous disputer hors caméra ?

Tout en continuant à s'envoyer des regards de travers, Yasmine et Émile reportèrent leur attention sur Arthur qui leur détailla par le menu son voyage en Rolls, puis en jet privé, et enfin son arrivée à Londres. Quand il vit qu'ils en restaient muets d'étonnement, il en rajouta un peu sur le luxe qui l'entourait pour les faire marcher. Il leur raconta surtout sa visite à Neverland et s'anima de plus en plus à mesure qu'il décrivait comment il avait dessiné un personnage et lui avait donné vie grâce à des logiciels déments.

Yasmine fronçait le nez, malade d'envie.

— Mouais, bon, ils sont super équipés, normal quand on a les moyens…

— Allez, fais pas ta rabat-joie, lui lança Émile, moi je trouve ça hyper cool ! Franchement t'as trop de la chance, passer ta journée entouré de jolies filles à jouer sur des super consoles, c'est pas à moi que ça arriverait un truc pareil !

Yasmine lui lança un regard noir, vexée. Réalisant sa maladresse, Émile rougit et se gratta la tête, cherchant une répartie amusante. De l'autre côté de l'écran, Arthur commençait presque à oublier ses ennuis et la distance qui les séparait, lorsque des éclats de voix en provenance du salon montèrent jusqu'à lui.

Aussitôt il fit signe à ses amis de se taire puis se rapprocha de la porte de sa chambre pour mieux entendre. Il reconnut la voix d'Archibald qui venait d'entrer dans la maison, visiblement très agacé. La conversation s'animait et malgré le débit rapide en anglais du vieil homme, Arthur comprit qu'il était question de sa mère. De plus en plus intrigué, il s'enhardit et se posta en haut de l'escalier d'où il eut une vue plongeante sur le rez-de-chaussée. Comme il s'en doutait, Archibald s'en prenait à Dana, mais ils n'étaient pas seuls dans la pièce.

Nonchalamment installées sur le canapé, Calliopé et Polly acquiesçaient discrètement aux arguments d'Archibald, l'air soucieux. En face d'elles se trouvait Lizzie, et une autre personne qu'Arthur identifia comme la secrétaire de Neverland, Daphné. Les jeunes femmes étaient en train de discuter autour d'un verre dans le salon à l'arrivée d'Archibald, et s'étaient retrouvées mêlées à la scène malgré elles.

Depuis son perchoir Arthur n'apercevait de sa grand-mère que ses hauts talons qui dépassaient d'un fauteuil, mais son silence ne présageait rien de bon. Elle laissait visiblement Archibald déballer sa colère. Arthur comprit que celui-ci prenait sa défense, les mots *poor boy* et *mother* revenaient souvent. On aurait dit qu'il suppliait Dana de lui accorder de voir sa mère, de cesser de le rendre malheureux.

D'un geste de la main, Dana stoppa brusquement le discours enflammé du vieux libraire et se leva de son fauteuil. Elle se mit à faire les cent pas dans la pièce et entra dans le champ de vision du garçon qui se renfonça d'instinct dans sa cachette. Ses traits étaient tirés et fatigués, mais malgré cela, elle rayonnait toujours d'une force impressionnante. Archibald, vaincu, se laissa choir à son tour sur le canapé à côté des jeunes filles qui n'osaient pas bouger. Tout le monde attendait la réaction de Dana.

— That is impossible, Archibald ! explosa-t-elle enfin. Non, je m'y refuse! Il est inutile d'insister, nous avons déjà parlé de cela et mon sentiment n'a pas changé, bien au contraire !

Arthur nota avec satisfaction que sa grand-mère était passée au français. À en croire les regards surpris de Lizzie et Daphné, elle souhaitait peut-être ne pas les mêler d'avantage à la conversation en changeant de langue.

— Milady, reprit Archibald, d'un ton adouci, je crois vraiment qu'il faut lui dire la vérité, il le mérite… et qui sait, il pourrait vous surprendre.

— Il y eu trop de souffrances, le coupa Dana, il faut que cela cesse. Dès que possible, nous emmènerons Lily. Mais pas maintenant, c'est encore trop tôt, je suis désolée.

Nous précipiter compromettrait tous nos projets. Nous avons attendu trop longtemps pour agir sur un coup de tête, même pour Thalie. Là-bas, reprit-elle, les yeux soudain voilés, nous trouverons une solution, il le faut ! Mais pour l'heure il est inutile d'ajouter à la confusion de cet enfant, il n'est pas prêt. Nous en restons au plan prévu.

Épuisé et à bout d'arguments, Archibald se prit la tête entre les mains en soupirant.

— Bientôt, Lily sera transférée au château comme vous le souhaitez, dit-il, en attendant mieux… Je vais préparer notre voyage dès demain.

Le cœur d'Arthur fit un bond. Mais de quels projets parlait sa grand-mère ? Que se passait-il encore ? L'envie le démangeait de se précipiter au rez-de-chaussée et de la forcer à s'expliquer, mais une peur sourde commençait à le gagner, le figeant sur place. Dana se préparait à emmener sa mère loin de lui, dans un château ! Comment pouvait-elle être aussi inhumaine ? Que comptait-elle faire de lui ? Et où voulait-elle partir ? Elle lui avait promis qu'il pourrait voir Lily, qu'elle la sortirait de l'hôpital pour qu'il puisse rester près d'elle. Dana lui avait donc menti !

Arthur quitta son repère, écœuré. Même Archibald l'avait abandonné, il n'avait plus protesté à l'annonce de Dana. Il ne servirait à rien de se confier à lui, apparemment personne ne pouvait contrer sa grand-mère. Mais lui, Arthur ne se laisserait pas faire !

D'un pas décidé, il rentra dans sa chambre où ses amis l'attendaient, toujours connectés via Internet. Il refoula sa tristesse et sa peur pour faire bonne figure, et tout en leur racontant ce qui venait de se passer, son esprit passait déjà à une contre-attaque. Alors reprenant confiance, il décida d'agir vite et leur exposa son plan.

Athènes, Grèce
VIème siècle avant notre ère

L'Agora, la place centrale de la Cité, était envahie par une foule bigarrée et joyeuse. Venus de toutes les contrées en ce jour de marché, les échoppiers et les curieux se côtoyaient dans une franche allégresse, les uns vendant leurs produits à grands renforts d'exclamations, les autres se promenant entre les étals, à la recherche de la bonne affaire. Le vin coulait à flot dans les gargotes aménagées à la va-vite entre les étals de légumes, et les enfants courraient entre les bancs, des beignets au miel à la main.

Lorsqu'elles apparurent, le silence se fit peu à peu. La foule s'écartait, respectueuse et impressionnée. Tout de blanc vêtues, des couronnes de fleurs ornant leurs longs cheveux, les Rhapsodes avançaient d'un pas gracieux, distribuant sourires et saluts amicaux. Menées par un adolescent jouant de la lyre, les jeunes femmes se regroupèrent au centre de la place et aussitôt la foule se referma sur elles, attentive. Les garnements avaient cessé de courir partout et se disputaient les meilleures places au premier rang, dans l'attente fébrile des récits qui allaient enflammer leur imagination et les transporter dans des rêveries fantastiques.

Célèbres dans toute la Grèce, les Rhapsodes, « les conteuses des Dieux » comme on les appelait, se produisaient au gré de leurs envies. Leur apparition dans une ville restait toujours un événement mémorable. On les disait filles d'Homère, le grand poète, et leur chant était vénéré par le peuple.

L'aînée du groupe, ses cheveux roux retenus par une couronne dorée, s'avança vers l'assemblée, un rameau de laurier à la main, en hommage à Apollon, le dieu de la poésie.

De sa voix modulée elle entama son récit. Aussitôt, tous les spectateurs furent transportés dans un monde où les héros affrontaient glorieusement mille dangers. Les aventures d'Hector et d'Achille, les trahisons et les destins brisés émouvaient toujours autant l'auditoire, friand de mille détails. Lorsque les applaudissements marquèrent la fin du poème, Nausicaa salua et écarta les mains vers le public pour imposer le silence.

— Merci mes amis, dit-elle. Nous souhaiterions maintenant vous conter une nouvelle forme de poème que nous avons entendu lors de nos lointains voyages en Orient. Là-bas on appelle cela une fable, reprit-elle. Hélas, nous n'avons pas eu la chance de pouvoir traduire ces admirables ouvrages pour vous les faire entendre, mais nous avons parmi nous un jeune homme très inspiré qui excelle à en inventer.

À l'invitation de Nausicaa, tous les regards convergèrent vers le garçon à la lyre qui se mit à rougir violemment et n'eut d'autre choix que se poster au-devant du public. Nerveux, il avançait d'un pas cahotant et boitant, souvenir d'une ancienne blessure à la cheville, en essayant de se cacher derrière sa franche de cheveux bouclés. Nausicaa l'encouragea d'un sourire.

— De l'Âne malade et des Loups, annonça-t-il d'une voix peu assurée. Un jour, l'Âne fut obligé de garder le lit pour quelque indisposition. Le bruit de sa maladie s'étant répandu, les Loups et les Chiens, croyant qu'il mourrait bientôt, accoururent pour le visiter. Ils aperçurent l'Ânon au travers des fentes de la porte, et lui demandèrent des nouvelles de la santé de son père. « Il se porte beaucoup mieux que vous ne voudriez », leur répondit l'Ânon.

Quelques rires fusèrent parmi l'assistance, tandis que la plupart des spectateurs se regardaient, décontenancés par le ton de l'histoire. Qu'était-ce donc que ces animaux qui parlent ?

Encouragé par ces quelques réactions, le poète se lança à nouveau.

— Du Paon et de la Grue : le Paon étant dans un repas avec la Grue, faisait la roue, et étalait ses plumes avec beaucoup de faste. Il méprisait la Grue, et se mettait infiniment au-dessus d'elle. « Que tu es laide », lui disait-il d'une manière insolente, « et que la beauté de mon plumage est agréable ». Mais la Grue, pour confondre la vanité du Paon, se mit à voler, et lui dit en l'insultant « Que je suis légère, et que tu es pesant ! »

Cette fois-ci les rires se firent plus nets, même les Rhapsodes s'étaient assises autour du jeune homme et lui souriaient. Prenant confiance, celui-ci enchaîna les fables, déclenchant peu à peu les réactions du public qui goûtait manifestement le divertissement. Certains se prirent à penser que si les poètes se mettaient à présent à conter des histoires dans les rues, les amphithéâtres allaient se vider, au bénéfice du pauvre peuple exclu de ces distractions.

Oubliant sa peur et sa claudication, le conteur mimait à présent ses personnages, gonflant les joues pour imiter la grenouille, battant des bras comme la poule ou se faufilant sournoisement comme le renard parmi le public. Saisissant un bâton au sol et le bonnet d'un spectateur qu'il mit aussitôt sur sa tête, il prit un air savant pour annoncer une dernière histoire.

— Une belette, ayant appris qu'il y avait des poules malades dans une métairie, se déguisa en médecin, et, prenant avec elle les instruments de l'art, elle s'y rendit. Arrivée devant la métairie, elle leur demanda comment elles allaient : « Bien, répondirent-elles, si tu t'en vas d'ici. »

Dans une pirouette, le jeune garçon reprit sa lyre, sous les encouragements de la foule. Nausicaa observait, satisfaite. Le pari avait été risqué mais le public semblait réceptif. Désormais les récits de son protégé allaient circuler parmi le peuple.

Du coin de l'œil elle aperçut un groupe de nobles se mêler à la foule, leurs toges brodées d'or contrastant avec les étoffes grossières des marchands. Tout en restant à distance, ils prêtaient une oreille attentive à la contée, jaugeant la réaction de l'assemblée. Nausicaa ne les perdit pas du regard, elle savait que sa présence empêcherait quiconque d'importuner le poète et de lui demander de quitter les lieux, mais elle se méfiait de ces patriciens, prompts à corrompre les artistes pour leur faire chanter louanges et propagande politiques.

Sous de chaleureux applaudissements, trempé de sueur et heureux, le poète saluait à présent son public. Tandis qu'il cédait la place aux jeunes filles qui s'installaient pour une nouvelle contée épique, le groupe d'aristocrates s'avança vers lui.

— Comment te nomme-t-on, poète ? demanda le plus âgé d'entre eux, qui semblait être le chef de clan.

L'adolescent lança un regard étonné à Nausicaa qui lui fit signe de répondre en retour .

— Je ne me souviens plus de mon nom, mais on m'appelle Aisopos, citoyen, lança-t-il en plaquant quelques accords sur sa lyre. Cela signifie « celui aux pieds inégaux », l'homme qui boîte, en souvenir d'une mauvaise chute dans les vignes… Pour vous servir, rajouta-t-il dans une révérence.

Nausicaa fronça les sourcils, l'insolence de son protégé lui jouerait des tours s'il n'y prenait garde. Elle s'approcha du groupe et salua. Les aristocrates lui rendirent hommage en s'inclinant. Leur chef sourit à Aisopos et lui remit une pièce d'or frappée d'une chouette, que le garçon considéra, un peu amusé.

— Je me souviendrai de ton nom, cher enfant, et je te souhaite une belle renommée, à l'image de l'illustre Homère…, même si je doute que les histoires de poules et d'ânes franchissent les siècles comme nos glorieux héros !

Puis dans un éclat de rire, il tourna le dos, suivi par ses fils qui lancèrent aux poétesses un dernier regard moqueur. Aisopos haussa les épaules et reprit sa lyre pour accompagner ses amies dans leur chant, déjà oublieux de la mésaventure.

Restée à l'écart, Nausicaa était songeuse. Les temps changeaient. Le respect qu'elle inspirait naguère n'était plus qu'une mince façade. Depuis la nuit des temps, elle veillait avec ses compagnes à distraire et instruire les humains, à stimuler leur imagination. Inspirer les poètes avait toujours été leur rôle, créer une chaîne entre l'inspiration et le peuple, diffuser l'imaginaire et ses messages par tous les moyens, quitte à se réinventer poétesses elles-mêmes pour se cacher parmi les hommes. Longtemps, on les avait appelées nymphes, déesses parfois, mais désormais leur place n'était plus au premier rang, elles devaient se mettre en retrait. Les grands récits épiques n'étaient plus aussi prisés, le peuple avait envie d'autre chose et les nouveaux maîtres d'Athènes, comme des cités concurrentes, rêvaient plus de pouvoir que de faits magiques. Aisopos et ses histoires aux morales cachées représentait l'avenir.

Nausicaa jeta un dernier regard sur la cité qui déjà s'embrasait des lueurs du soleil couchant. Bientôt, elle le sentait, son rôle ici s'achèverait. En attendant, elle rejoignit ses amies et se mêla à la contée, joignant sa voix à la lyre d'Aisopos, entrant pour quelques temps encore dans la ronde des Rhapsodes.

5

Un jour une grenouille dans un marais criait à tous les animaux :
« Je suis médecin et je connais les remèdes.»
Un renard l'ayant entendue s'écria :
« Comment sauveras-tu les autres,
toi qui boites et ne te guéris pas toi-même ! »

Aisopos, dit Esope (fables)

Le lendemain matin, Arthur se leva aux aurores, bien décidé à ne pas se laisser prendre en charge comme la veille par Archibald. Encore sous le choc de la scène qu'il avait surpris dans la soirée, il comprenait à présent que depuis deux jours tout le monde le menait en bateau, ne sachant trop quoi faire de lui. Il était toujours sans nouvelles de son père, il ne savait même pas si le magicien avait reçu le message de Dana. Lorsqu'il partait en tournée, parfois pendant six mois, il devenait très difficile à joindre ; rien à espérer donc de ce côté-là. Ce n'était pas son père qui pourrait le tirer des griffes de Dana.

Du haut de ses treize ans, Arthur sentait que la situation n'était pas normale, tout cela ne présageait rien de bon et il en aurait le cœur net dès aujourd'hui.

Il avala un petit déjeuner rapide dans la cuisine en compagnie de Lizzie qui lui lançait des sourires gênés. Apparemment, elle servait à la fois de chauffeur et de domestique à sa grand-mère. Daphné fit une apparition pour saisir un scone beurré et repartit aussitôt, en saluant Arthur d'un clin d'œil. Aussi brune que Lizzie était blonde, elle portait également une sorte de combinaison intégrale en cuir, avec une paire de lunettes d'aviateur pendues autour du cou. Ce détail intrigua Arthur. Les amies de Lizzie, qu'il avait aperçues çà et là dans la maison, portaient toutes cet uniforme. Était-ce réservé à la domesticité de sa grand-mère ? Un autre signe de son excentricité ? À quoi pouvaient bien servir ces lunettes ridicules ? Il décida de ne pas s'attarder sur le sujet, son esprit voguait déjà ailleurs.

Malgré l'heure matinale, il apprit que Dana était partie au bureau et s'en félicita. Il n'aurait pas à la croiser, un souci de moins à gérer. Par contre Archibald n'allait sûrement pas tarder à arriver. Il fallait se dépêcher. Comme si de rien n'était, il fila dans sa chambre pour se préparer. Arrivé sur le seuil, il s'arrêta net. Encore une fois, tout son joyeux désordre avait été anéanti sans pitié. Ses habits reposaient dans le dressing, impeccablement pliés, le lit respirait de fraîcheur, débarrassé de ses plis et bordé au carré. Il n'avait pourtant croisé personne à l'étage et s'était absenté tout au plus une vingtaine de minutes pour déjeuner. Nerveux, il jeta des regards autour de lui, s'attendant presque à voir surgir le majordome de la famille Adams. Un frisson lui parcourut le dos, manquerait plus que ça !

Encore plus motivé dans ses projets secrets par l'étrange atmosphère de cette maison qu'il avait hâte de quitter, il fit une toilette de chat, sans s'attarder dans l'immense salle de bains mise à sa disposition. Puis il s'habilla tout aussi rapidement. Il saisit son sac à dos et s'attela à la première partie de son plan. Il en avait peaufiné tous les détails la veille au soir avec Émile et Yasmine. Il avait répété mentalement ce qu'il aurait à faire, assimilant tout ce que ses amis lui avaient expliqué, comme lors des entraînements pour ses tours de cartes, mais lorsqu'il se retrouva sur le petit balcon ouvragé de sa chambre, l'inquiétude le saisit. Là, il devait passer à l'action, et vite ! Il chassa ses peurs en imaginant sa mère, seule à l'hôpital. La pensée que ses amis devaient se préparer de leur côté à cette minute même, comme prévu, le rassura un peu. Il n'était pas seul.

Il enjamba le balcon, se suspendit aux barres de fer forgé le plus bas possible et laissa glisser ses jambes dans le vide, comme le lui avait recommandé Émile, l'expert en tous sports. Puis d'une détente il sauta et se reçut en boule dans le massif d'hortensias de sa grand-mère. Il grimaça en se relevant mais le jeu en valait la chandelle. Il était libre ! Ainsi Lizzie le croirait encore dans sa chambre et Archibald l'attendrait en bas dans le hall. Le temps qu'ils réalisent qu'il avait fui, il serait déjà loin. Mais il devait faire vite.

Passer par-dessus la grille du jardin fut un jeu d'enfant après ce saut du premier étage. En quelques minutes il se retrouva dans la rue et partit en courant sans se retourner vers la station de métro de Gloucester road, qu'il avait repérée la veille. Il s'engouffra dans le flot des passagers et se laissa guider par les instructions de Yasmine qu'il avait mémorisées. Il fonça tête baissée dans le métro, sans adresser la parole à personne, pour ne pas se faire repérer par son accent français et passer pour un adolescent perdu dans une ville étrangère.

En sortant de la station de Baker Street, il repéra tout de suite l'hôpital. C'était un bâtiment moderne, visible de loin, avec sa façade frappée du profil de la Princesse Grace de Monaco, comme un immense camée bienveillant accueillant les malades. La douceur qui émanait des traits de la princesse le réconforta, mais arrivé au pied du bâtiment il déchanta rapidement. Le Princess Grace Hospital affichait des allures de forteresse de luxe, derrière sa façade de briques brunes. Situé à la lisière du quartier ultra chic de Marylebone, à quelques stations de métro de Gloucester road, il avait l'avantage d'allier confort et proximité depuis la maison de Dana, ce qui avait dû guider son choix. L'entrée était protégée par une paroi de verre poli qui empêchait de distinguer le comptoir d'accueil, tandis que de nombreuses caméras de sécurité balayaient la rue et tous les accès à l'hôpital, ne laissant aucun angle mort. Accrochée à la gouttière, une gargouille médiévale surplombait même l'entrée, un détail gothique surprenant. Au temps pour l'accueil chaleureux !

La phase la plus délicate de l'opération commençait. Il sortit son portable de la poche de son sac à dos. En moins de dix secondes le visage de Yasmine s'afficha sur son application Skype. Il tourna discrètement l'appareil vers l'hôpital pour le montrer à la jeune fille et lui signaler qu'il était bien arrivé.

— Yas, c'est une vraie forteresse ce truc. Je vais jamais entrer !

— Respire, ça va bien se passer. J'ai trouvé tout ce qu'il nous faut, tu n'auras qu'à te laisser guider. Allez, à toi de jouer !

Arthur esquissa un sourire forcé à Yasmine qui levait les pouces vers lui en signe d'encouragement, et se dirigea vers l'entrée du bâtiment. Réputé pour ses soins de grande qualité, l'hôpital accueillait une clientèle très privilégiée, loin des circuits de la médecine publique qui est le lot de la plupart des Anglais. Le hall d'entrée à l'atmosphère feutrée aurait pu passer pour celui d'un hôtel de luxe, bercé d'une musique douce, meublé de causeuses en soie sobrement disposées autour de guéridons soutenant des bouquets d'orchidées. Arthur déglutit, il ne le sentait pas du tout.

Derrière le comptoir, une jeune femme d'origine indienne, en veste bleue et chemisier à lavallière. Elle était occupée à trier des dossiers et ne leva même pas la tête à l'entrée d'Arthur. La salle d'attente était vide. Seules quelques infirmières échangeaient des consignes après leur nuit de garde.

Aussi discrètement que possible, toujours en ligne avec Yasmine, Arthur essaya de se faufiler à sa droite vers les canapés du salon d'attente qui faisaient face à des ascenseurs, apparemment le seul accès aux étages. Mais aussitôt l'hôtesse l'interpella.

— Hello, can I help you?

Arthur dut revenir sur ses pas, réfléchissant à toute allure.

— Bonjour, je voudrais rendre visite à ma tante, commença-t-il, mais je ne connais pas son numéro de chambre.

Un éclair de surprise passa fugacement dans le regard de l'hôtesse, mais elle ne laissa rien paraître, habituée aux excentricités de la clientèle internationale et fortunée. Elle salua un couple de femmes qataries qui venaient d'entrer, enveloppées dans leurs abayas, avant de daigner répondre à Arthur dans un français impeccable.

— Si tu n'as pas de numéro de chambre, je ne peux pas te laisser passer. Quel est le nom de ta tante ? Veux-tu que nous l'appelions ?

Arthur comprit qu'il n'irait nulle part avec cette histoire de tante et bredouilla des excuses avant de sortir sans demander son reste, se sentant complètement idiot. Ils avaient tout envisagé, sauf un barrage humain à l'entrée. Qui peut prévoir une telle sécurité dans un hôpital ? Les hôpitaux dans lesquels il était entré en France ne l'avaient pas préparé à ça. Il reprit Yasmine qui avait suivi toute l'action depuis sa chambre à Nantes.

— Bon, c'est mort ! ragea Arthur. M'étonne pas de ma grand-mère, elle l'a bien choisi son hôpital, aussi glacial qu'elle.

— Attends, on va trouver une solution, ne te décourage pas. Donne-moi un peu de temps.

— Tu peux pas faire grand-chose, ce qu'il faut c'est passer le cerbère de l'entrée. Le problème c'est que les ascenseurs sont juste à côté de son comptoir, on ne peut pas y aller sans qu'elle me voie. Sans compter les caméras…

— Justement, répliqua Yasmine, ne reste pas planté là sur le trottoir, tu vas te faire repérer. Bouge !

Arthur continua son chemin le long du bâtiment et avisa plusieurs entrées de service qui longeaient la rue. Il déchiffra les panneaux décrivant les spécialités des unités, chirurgie faciale, soins en cardiologie… l'hôpital s'étendait bien plus loin qu'il ne l'avait d'abord pensé, englobant tout un bloc de petits bâtiments à quatre étages. Arrivé à l'angle de Nottingham street et Marylebone High street, il avisa un café sur le trottoir d'en face et sourit. Enfin un nom facile à comprendre.

Il poussa la porte du Pain Quotidien, une chaîne internationale qu'il connaissait bien, et s'assit à une grande tablée. De son point d'observation il pouvait à présent voir, à travers la vitrine du café, l'enfilade de portes de service du Princess Grace Hospital qu'il venait de longer. Archibald lui avait donné un peu d'argent la veille, si bien qu'il put commander un jus d'orange et un muffin, l'appréhension lui avait finalement ouvert l'appétit.

Entre-temps à Nantes, Émile avait rejoint Yasmine dans sa chambre, mais il ne leur restait pas plus d'une heure avant le début des cours. Si Arthur ne réussissait pas à entrer dans l'hôpital aujourd'hui, il leur faudrait recommencer toute l'opération, et il y avait fort à parier qu'Archibald ne lui laisserait pas l'opportunité de lui fausser compagnie une seconde fois. Tout en mâchouillant son muffin, Arthur salua Émile sans conviction. Pour lui l'affaire était pliée, ils se battaient contre bien plus fort qu'eux trois.

— Arthur, fais pas cette tête, tu vas y arriver, le relança Yasmine. Bon, pour les ascenseurs tu as raison, c'est le seul accès pour le public. Il y a bien un escalier de secours mais il passe carrément par le bureau des internes, et là, tu pourras jamais entrer. Non, il faut que tu trouves un moyen de détourner l'attention de l'hôtesse et que tu passes par l'ascenseur.

— Détournement d'attention, mon pote Potter, lança Émile se croyant drôle, ça te connaît ça le magicien, non ?

— Hum, mouais, mais ça change pas le problème, faut que je puisse rentrer d'abord…

— Mais ça doit pouvoir se faire, s'entêtait Yasmine, faut bien que les gens entrent dans cet hôpital, y'a quand même…

Arthur n'écoutait plus. De l'autre côté de la rue, un interne venait de sortir du pavillon des soins cardiaques, une cigarette aux lèvres. Il inspira avidement la fumée, les yeux fermés, savourant ce qui devait être sa première pause après une nuit de garde chargée. Arthur sourit, la chance venait de tourner.

Sans lâcher sa proie du regard, il avala d'un trait le reste de son jus de fruit, jeta un billet de cinq livres sur la table, ramassa son sac à dos et sortit du café. Tout allait être une question de timing à partir de maintenant. Il fourra son portable dans sa poche de jean, sans égard pour ses amis qui furent brusquement et sans explication privés de son et d'image. Il fouilla rapidement du bout des doigts dans son sac à dos.

Lorsqu'il trouva ce qu'il espérait, il s'approcha de l'interne en se composant un air innocent. Au moment où celui-ci finissait sa cigarette et se retournait déjà vers la porte coupe-feu, qu'il avait bloqué le temps de sa pause, envoyant valser le mégot d'une pichenette dans le caniveau, Arthur força l'allure et percuta précisément le jeune homme en pleine poitrine. Surpris, l'interne rattrapa Arthur par les épaules et s'excusa, croyant avoir bousculé le garçon qu'il n'avait pas vu arriver. Arthur bredouilla quelques mots et sourit, en désignant le coupable de sa maladresse, son lacet défait. Il s'agenouilla pour le relacer tandis que le jeune homme rassuré et ayant déjà oublié l'incident, rentrait dans son service, fermant la porte coupe-feu derrière lui. Toujours agenouillé sur le trottoir Arthur attendit. Un léger clic sur l'encadrement de la porte lui apprit que son plan avait fonctionné. Dans la même seconde, la porte tenta de se refermer mais désormais une bille d'acier bloquée dans le bas de son châssis l'en empêchait. Fixer sa canne à pêche surprise au dos de l'interne d'une simple pression du pouce avait été un jeu d'enfant pour Arthur. Celui-ci ne s'était pas douté une seconde qu'il traînait derrière lui un fil de soie quasi-invisible lesté d'une boule aimantée n'attendant plus qu'une surface métallique pour s'y agripper, telle une huître sur un rocher, ce qu'elle avait fait avec bonheur dans le cadre de la porte pare-feu. De même qu'il ne se doutait pas qu'un jeune garçon bousculé dans la rue détenait à présent le badge d'accès à puce électronique qu'il portait accroché à sa blouse quelques instants plus tôt.

Arthur se releva, rangea le badge dans sa poche et libéra ses amis qui en profitèrent aussitôt pour l'enguirlander.

— Non, mais t'étais passé où ? On ne voyait plus rien !

Arthur leur fit signe de se taire et leur montra la porte entrebâillée. Yasmine réagit la première :

— Tu as trouvé un accès ? Tu peux entrer ?

En guise de réponse, Arthur se pencha pour récupérer sa bille encastrée dans le chambranle de la porte et ramassa le fil transparent qui avait cassé sous la pression lorsque l'interne avait continué son chemin. D'un mouvement souple, il se glissa dans l'ouverture. La barre de sécurité de la porte coupe-feu claqua doucement dans son dos. Il était à l'intérieur de l'hôpital.

Yasmine et Émile qui n'en avaient pas perdu une miette jubilaient de l'autre côté de l'écran.

— Waouh, ça c'est mon copain ! Bien joué Arthur !

— Ok, mais maintenant je fais quoi ? Je suis entré, mais pas dans l'accueil, je suis dans le bâtiment juste à côté. Et si on me trouve, je vais me faire virer.

— Oui, je vois ! s'exclama Yasmine, prenant les choses en main. J'ai le plan de l'hôpital sous les yeux, continue dans ce couloir et prends à gauche, tu vas trouver un deuxième couloir qui dessert tous les bâtiments en transversal, jusqu'à l'accueil. Marche normalement, comme un visiteur qui sort, ça devrait aller.

Arthur inspira un grand coup, marcher normalement, tu parles, avec les genoux qui tremblent, facile ! Il se lança en suivant les indications de son amie. À son grand étonnement, personne ne l'arrêta, personne ne lui demanda rien. Il croisa quelques visiteurs, notamment les femmes voilées qui repassaient vers la sortie, ainsi que deux infirmières qui ne lui jetèrent même pas un regard. Une fois à l'intérieur, l'indifférence aux autres reprenait ses droits. Rassuré, il se dirigea vers l'accueil et aperçut bientôt les canapés de soie et les tables basses. Il se faufila le plus discrètement possible le long du mur et s'assit sur le bord du dernier fauteuil, le plus éloigné de la borne d'accueil où l'hôtesse entrait des données, penchée sur son ordinateur. Les deux infirmières qui avaient dépassé le garçon dans le couloir, discutaient, tournant le dos à Arthur.

Au-dessus du fauteuil, une lampe de lecture éclairait la table basse où reposait un choix de revues de luxe. Arthur sortit une grosse boule de coton de son sac et pour se donner du courage, échangea un signal muet avec Yasmine, toujours en ligne. Elle venait de comprendre son plan.

— Combien de temps ça va prendre ? chuchota Yasmine

— Ça dépend de l'intensité, répondit Arthur tout en coinçant une bonne épaisseur de coton flash sous l'ampoule allumée de la lampe. Je file !

Aussitôt son installation en place, il rebroussa chemin dans le couloir et attendit, prêt à bondir. Au contact de la chaleur produite par l'ampoule, le coton flash commença à fumer. Soudain, une explosion suivie d'une gigantesque flamme s'éleva de la lampe. Les infirmières, surprises, se précipitèrent vers la salle d'attente, immédiatement suivies par l'hôtesse d'accueil. C'était la diversion qu'Arthur escomptait. Aussitôt, il fila hors de sa cachette, profitant de la confusion pour avancer dans le hall d'accueil, et se campa devant les ascenseurs en priant pour qu'un d'entre eux s'ouvre tout de suite.

Il fallait faire vite. Le coton flash, un artifice de magicien, ne libérait qu'une seule flamme, se consumant entièrement sans laisser de traces ni causer aucun dégât. Les infirmières allaient sûrement chercher ce qui avait pu se passer mais ne s'attarderaient pas. L'ascenseur s'ouvrit devant lui dans un léger bip et il s'y engouffra, sans oser jeter un regard en arrière. Une fois les portes refermées, il s'aperçut qu'il était en apnée et s'autorisa à souffler.

— Bon, je fais quoi maintenant ? dit-il à l'attention de Yasmine. C'est quelle chambre ?

— Alors, selon les registres informatiques que j'ai pu cracker hier soir, il n'y a eu depuis deux jours que trois admissions qui correspondent, dont un transfert de l'hôpital public de Kensington ; je te passe les détails mais je te parie que c'était ta mère. Ta grand-mère a dû la faire admettre en secret dans cet établissement privé, c'est plus discret. Son nom n'est pas enregistré, apparemment le fichier n'est pas complet parce qu'il est écrit qu'elle n'avait pas de papiers sur elle… mais il est quand même précisé « coma » dans le diagnostic. Je vérifie le numéro de chambre…

— Yas ! Quel étage ? Vite ! Je vais pas pouvoir retenir l'ascenseur cent ans là !

À la mention du coma de sa mère, le cœur d'Arthur se serra. La réalité de l'hôpital le rattrapait et il ne savait pas s'il tiendrait le coup. Le décor de luxe ne suffisait plus à faire oublier les odeurs de désinfectant omniprésentes. Le silence de l'ascenseur devenait oppressant. Il avait hâte d'en finir.

— Tiens, c'est bizarre, murmura Yasmine concentrée sur son ordinateur.

— Quoi ??? faillit hurler Arthur au comble de l'angoisse.

— Je vois qu'on a déplacé le patient, je veux dire ta mère, il y a à peine une heure. Elle n'est plus dans la même section, ils viennent de l'emmener tout en haut, 4ème étage !

Tout en s'interdisant de trop réfléchir à la situation, Arthur appuya sur le bouton du 4ème. Désormais il était entre les mains de Yasmine. Il la voyait penchée sur son ordinateur, l'imaginant pianoter à toute vitesse des codes connus d'elle seule. Un peu désemparé, Émile lui lançait des regards d'encouragement mais Arthur sentait qu'il aurait préféré se trouver là à ses côtés, au cœur de l'action. Le bouton du 4ème s'alluma, les portes allaient s'ouvrir.

— Attends, bouge pas, lui intima Yasmine, des médecins arrivent.

Arthur se jeta dans le renfoncement de l'ascenseur au moment où les portes s'ouvraient sur un petit groupe de docteurs passant dans le couloir.

— Mais… ?

— Les caméras, rigola Yasmine, très utile et très facile à pirater ! Tu peux y aller maintenant, la voie est libre.

Comme au rez-de-chaussée, les murs étaient recouverts d'un papier peint hors de prix, dans un dégradé de vieux rose. Aux vagissements qui sortaient de toutes les chambres, Arthur conclut qu'il se trouvait dans l'unité de la maternité. L'étage paraissait cependant plus fréquenté par les médecins, mais surtout par les familles des patients, ce qui arrangeait bien son affaire. Il aperçut quelques enfants qui visitaient leur mère juste accouchée, et revenaient des distributeurs de boissons. À nouveau, il attendit collé au mur qu'un groupe d'internes passe d'une chambre à l'autre et s'éloigne suffisamment de cette portion du couloir; avec un peu de chance on le prendrait pour un visiteur perdu s'il devait se faire attraper.

À l'intersection du couloir, il dut choisir de prendre à gauche ou à droite. Yasmine ne pouvait plus l'aider, le dossier de sa mère ne comportait pas le numéro de sa nouvelle chambre. Livré à lui-même, Arthur observa l'activité du service. À sa gauche, le couloir se perdait au loin. Il devait bien y avoir une vingtaine de chambres de ce côté-ci, mais surtout il avisa un poste d'infirmières à mi-chemin. Par contre, à droite, rien ne bougeait. Autant commencer par l'espace le plus calme. Il ouvrit la première porte et tomba dans une lingerie. Sur la seconde porte, une plaque avec les noms de plusieurs médecins lui apprit que c'était sans doute un cabinet de consultation, il ne s'attarda pas.

Il visita ainsi trois ou quatre chambres, le plus discrètement possible. Les patientes allongées sur leur lit ne se retournèrent même pas, endormies ou trop fatiguées pour bouger. Arthur sentait une boule d'angoisse lui bloquer la gorge.

— Yas, je trouve rien, elle n'est pas là.

— Si, le scan est formel, elle a passé une sécurité à ce niveau il y a moins d'une heure. Elle est là tout près, c'est obligé !

Désespérant de trouver sa mère, il continua ses tentatives quand il avisa au bout de l'étage une porte sécurisée sur laquelle un écriteau proclamait « restricted area – authorized personnal only ». C'était forcément là. Aussitôt il sortit le pass de l'interne de sa poche et le glissa sur le lecteur optique. Dans un léger bourdonnement la porte s'ouvrit de quelques millimètres.

— Bingo !

Il s'engouffra dans le passage avant de se faire repérer.

— Comment t'as fait ? souffla Émile, y'a quoi là ?

Arthur montra le pass à ses amis et tint le portable devant lui pour qu'ils puissent voir où il se trouvait. Un couloir blanc et nu qui partait à angle droit au bout de quelques mètres.

— Yas, murmura-t-il, tu trouves ce couloir dans tes plans ? C'est carrément flippant ici !

— Désolée, Arthur, j'ai rien…

Livré à lui-même le garçon rassembla son courage en pensant à sa mère qui se trouvait peut-être tout près à présent, et s'avança dans le corridor immaculé. Passé l'angle, il mit quelques secondes à réaliser ce qu'il voyait : une baie vitrée courrait à mi-hauteur du mur. Il l'avait tout d'abord prise pour une fenêtre mais en s'approchant, il réalisa qu'elle fermait tout le fond du couloir, comme un gigantesque aquarium de verre. Des rideaux étaient tirés de l'intérieur, dissimulant son contenu mais Arthur sut immédiatement au fond de lui qu'il avait trouvée. Presque en courant, il se jeta sur la porte qu'il ouvrit à la volée, pour s'immobiliser aussitôt.

Couchée dans un lit au milieu de la pièce, reliée à un tas de fils qui partaient d'un moniteur, sa mère était bien là, le visage pâle, ses longs cheveux blonds cachés sous un bonnet de papier. Arthur s'approcha. Les larmes coulaient désormais sur son visage sans qu'il s'en aperçoive et il se jeta sur le corps sans vie de Lily, l'embrassant et la serrant de toutes ses forces.

— Maman, je suis là, je suis venu ! Tu vas aller mieux maintenant !

Témoin malgré elle de la scène depuis le portable qu'Arthur tenait serré dans son poing, Yasmine ne voyait que le plafond mais entendait tout.

— Arthur ! appela-t-elle, Arthur, tu m'entends ? Il ne faut pas que tu restes trop longtemps ! Je détecte un truc bizarre !

Reniflant et séchant ses joues, Arthur ne l'entendit pas et utilisa son portable pour faire une série de photos de sa mère, comme il l'avait prévu avec Yasmine. Il ne pouvait pas l'emmener, il était trop petit et impuissant pour cela, mais il pouvait prouver qu'elle était là si jamais sa grand-mère essayait de la faire disparaître. À présent, il aurait des preuves à fournir à la police, et il était bien décidé à s'en servir. La roue allait tourner.

6

Rien au monde, après l'espérance,
n'est plus trompeur que l'apparence.

Charles Perrault

Maintenant qu'il avait retrouvé sa mère, Arthur prévoyait de se faire connaître des médecins et de rétablir ses droits. La malade n'était pas enregistrée sous son nom mais sous un simple numéro. D'après son dossier d'admission, que Yasmine avait parcouru en s'infiltrant dans l'ordinateur central de l'hôpital, elle bénéficiait d'un anonymat demandé lors de sa prise en charge et accordé facilement dans cet hôpital habitué à accueillir stars et personnalités politiques. Aucun document ne permettait de l'identifier. Dana lui avait bien dit qu'elle ne souhaitait pas que l'on sache qui elle était. Arthur serra les poings. Dana était riche et pouvait tout acheter. L'adolescent se mit même à douter que son père ait été prévenu comme l'avait assuré Archibald.

Il ne comprenait pas pourquoi Dana tenait autant à cet anonymat, mais sa mère et lui n'avaient rien fait de mal. Ils ne méritaient pas d'être ainsi séparés, et n'allaient sûrement pas payer pour une grand-mère qui se souciait si peu d'eux. Ça ne se passerait pas comme ça !

Un peu rasséréné par la réussite de ses plans jusque-là, Arthur prit le temps de regarder autour de lui. Lily reposait sur un lit à roulettes, reliée à un moniteur cardiaque qui bipait à chaque pulsation de son cœur. Toutes ses fonctions vitales étaient sous contrôle. Plusieurs branchements partaient du lit jusqu'à des appareils que l'adolescent n'avait jusqu'à présent vus que dans des films. Il n'avait jamais été confronté à l'environnement hospitalier auparavant et ne comprenait pas à quoi servaient tous ces instruments. Mais il voyait bien que sa mère était plus malade que les propos volontairement rassurants de Dana. Ses lèvres pâles et desséchées laissaient passer un filet de respiration, à peine suffisant pour la garder en vie. Arthur lui prit la main, douce et tiède, mais aucun mouvement, aucun frémissement ne se produisit.

— Arthur ! Arthur ! Réponds-moi, je t'en prie ! s'énervait Yasmine qui n'arrivait pas à attirer l'attention du garçon qui l'avait totalement oubliée.

Elle se mit à crier à tue-tête, ce qui eut pour effet de ramener Arthur à la réalité.

— Oui Yasmine, pardon, qu'est-ce qui se passe ?

— On a un souci… Il semble que quelqu'un ait collé un spyware sur le dossier de ta mère et en le consultant je l'ai déclenché. Je ne l'ai pas vu tout de suite, drôlement bien fichu le truc…

— Ok, mais ça veut dire quoi ? coupa Arthur.

— Ça veut dire que quelqu'un veut être mis au courant de qui consulte le dossier et qu'il sait sûrement que tu es là. Tu ferais mieux de dégager vite fait ! En plus je n'ai plus de visuel, aucune caméra dans ce secteur !

— Sûrement pas, j'ai rien à craindre, je ne la laisse plus, s'indigna Arthur. Attends, il y a du bruit dans le couloir, je crois que des médecins arrivent

Aussitôt la porte de la chambre s'ouvrit sur un jeune interne en blouse blanche qui parut surpris de trouver un visiteur dans la pièce. Arthur ne bougea pas, et fixa le nouvel arrivant d'un air de défi.

— Bonjour, fit le jeune médecin en anglais en refermant doucement la porte derrière lui. Notre inconnue a donc de la visite ?

Arthur hocha la tête et lui demanda s'il pouvait parler en français.

— Oui, je peux, confirma le médecin. Tu es donc Français ? Peut-être peux-tu m'expliquer ce que tu fais là ? Tu sais qu'à cet étage les visites sont très réglementées. Tu es tout seul ?

— Je suis venu voir ma mère, et personne ne m'empêchera de rester avec elle !

L'interne leva les mains en signe d'apaisement. Aussitôt Arthur ressentit comme une décharge électrique lui courir le long des nerfs. La lumière parut baisser d'intensité, à moins que ce ne fût son imagination qui s'emballait.

— Tout doux, mon garçon, chuchota l'interne, personne en veut t'en empêcher. Surtout pas moi…

S'approchant des moniteurs, il releva les derniers tracés vitaux, prit quelques mesures sans quitter Arthur des yeux, vérifia que la perfusion coulait bien, puis s'assit tranquillement dans un fauteuil bas au pied du lit. Il ne paraissait guère plus âgé qu'Arthur, avec ses longs cheveux noirs qui flottaient autour de son visage pâle. Sous sa blouse blanche dépassaient un jean et des Converse noires qui achevèrent de mettre l'adolescent en confiance. Plantant son regard dans les yeux d'Arthur, l'interne attendit que celui-ci s'explique. L'air se raréfiait dans la pièce, la température chutait tandis qu'Arthur se sentait pris au piège par ce regard qui l'enrobait, comme un papillon nocturne dans un faisceau mortel.

— Je m'appelle Arthur Sullivan, commença l'adolescent, hésitant sur ce qu'il convenait de dire, et elle, c'est ma mère, Lily. Elle est arrivée avant-hier à Londres et pour ce que j'en sais, elle a fait un malaise et a été transférée ici par ma grand-mère.

— Ta grand-mère ? demanda l'interne en se penchant plus près d'Arthur. Tu as donc de la famille à Londres ?

— Euh... oui. Mais le plus important, c'est que vous inscriviez ma mère sous son nom et que mon père soit prévenu. On a le droit de venir la voir et de savoir ce qu'elle a !

— Bien sûr, bien sûr, calme-toi, j'essaie juste de comprendre. Pourquoi ta grand-mère ne nous a rien dit ? Ça nous aurait facilité la tâche de contacter la famille. Il n'y avait rien dans son sac, pas de papiers d'identité, juste un paquet, des jouets on dirait… Hum, peut-être pour un enfant…

— Pour moi ?

— Et bien, il faut croire, susurra l'interne. Il doit être rangé dans l'armoire par là-bas, tu n'as qu'à le prendre.

Arthur se leva et ouvrit le placard où étaient rangés les habits de Lily ainsi que son sac de voyage. Il en retira un paquet dont l'emballage cadeau avait été entr'ouvert, dévoilant un coffret de jouets qu'Arthur reconnut aussitôt.

— Oui, excuse-nous, nous avons dû ouvrir pour voir s'il y avait des indices…

— Je comprends, murmura Arthur d'une petite voix qui le surprit lui-même.

C'était comme s'il s'enfonçait dans du coton, les contours de la pièce devenaient flous, privés de lumière. Il regarda machinalement son portable mais la connexion avait été coupée, plus aucun réseau ne passait. Sans lui laisser le temps de déballer le cadeau, l'interne se remit à le questionner.

— Tu pourrais peut-être me donner le nom et l'adresse de ta grand-mère, que nous puissions vérifier tout ça et savoir quelles dispositions prendre pour ta maman ?

— Des dispositions ?

— Oui, il nous faut discuter de tout cela entre adultes, ta maman est très malade. Il lui faut des soins constants, il y a des papiers à remplir, des choses à faire, tu vois…

— Mon père va revenir, il fera tout ça, répliqua Arthur, soudain méfiant.

Dana lui avait pourtant expliqué que tout était sous contrôle, même si les médecins ne connaissaient pas le nom de leur patiente, ils savaient à qui rendre compte de son état, via des intermédiaires choisis spécialement par elle.

Quelque chose avait changé dans le comportement du jeune interne, qui semblait perdre patience. Ses yeux d'obsidienne fixaient l'adolescent, comme s'il jaugeait l'intérêt de discuter encore avec lui. Le garçon eut peur de se faire renvoyer et chercha rapidement un prétexte pour rester, quand la porte de la chambre s'ouvrit à la volée.

Aussitôt, l'interne bondit sur ses pieds et se dirigea vers la sortie. Sur le seuil se tenait le groupe de médecins qu'Arthur avait vu passer en sortant de l'ascenseur. Le plus âgé, visiblement le médecin chef du service, semblait fort en colère et plus surpris de la présence de l'interne que de celle d'Arthur, à qui il jeta à peine un regard.

— Qui êtes-vous ? lui lança-t-il, vous ne faites pas partie de mon service, qui est votre référent ?

Tiré de sa torpeur par le ton vif et furieux du médecin, Arthur se concentra pour comprendre leur échange.

— Je suis interne au service des traumas, j'ai effectué le transfert de la patiente et je venais voir si tout était bien branché, répondit le jeune homme sans se démonter.

— C'est bien, on s'en occupe, vous n'avez rien à faire ici, j'en parlerai au docteur Steward. Je ne tolère pas ce genre d'initiative, les aides-soignants n'ont pas à se promener dans les services. Maintenant retournez à vos patients, lui intima-t-il d'un ton glacial, je réglerai ça plus tard.

L'intéressé quitta les lieux à grandes enjambées. Arthur était sidéré, que se passait-il ? Inquiet, il se serra au plus près de sa mère, étreignant sa main molle pour se donner du courage. Le médecin chef le regardait à présent en hochant la tête, l'air ennuyé. Les autres médecins s'étaient précipités au chevet de la malade dès l'altercation entre leur supérieur et l'intrus pour vérifier si rien n'avait été débranché ou endommagé. Satisfaits de voir que tous les branchements étaient bien en place, et les fonctions vitales de la patiente en ordre, ils sortirent de la pièce, laissant Arthur en tête à tête avec le chef de service. Alors que celui-ci allait lui adresser la parole, Arthur aperçut à nouveau du mouvement dans le couloir. Lizzie arrivait en courant et rassurée de trouver Arthur au chevet de sa mère, se posta à l'entrée de la chambre.

— Ah, tu es là ! Tout le monde te cherche, tu sais, lui lança-t-elle en souriant. Allez viens, je te ramène !

— Ah, non ! protesta Arthur, l'autre médecin a promis que je pourrai rester avec maman !

— Ce n'était pas un médecin, rectifia le chef de service, tout juste un aide-soignant… Je vais m'occuper de son cas, il n'a rien à promettre ! s'indigna-il.

— Peut-être, mais lui il m'a écouté, continua l'adolescent contrarié, et il va inscrire maman sous son vrai nom et personne ne l'emmènera !

Alertée, Lizzie se précipita vers Arthur et le prit par les épaules pour le regarder en face.

— Ce médecin, ou peu importe… comment était-il, boy ? Tell me !

— Euh… normal, quoi ! Avec une blouse…

— Yes, but quoi d'autre ?

— Ben, il était jeune, avec des cheveux mi-longs noirs et ah oui… il portait des Converse.

Lizzie se redressa, son visage devenu grave. Elle échangea un accord muet avec le médecin chef et prit Arthur par la main.

— Come on, il faut partir maintenant. Je te promets que tu reverras ta maman.

— Mais Dana a dit…

— Je sais. Elle ne va l'emmener nulle part, n'est-ce pas docteur ?

Celui-ci promit d'y veiller personnellement. Arthur embrassa doucement sa mère et suivit à contrecœur Lizzie dans le couloir, serrant contre lui le paquet trouvé dans le sac de Lily.

Le voyage du retour en Rolls fut tendu. Lizzie ne lui adressait plus la parole, concentrée sur la route, mais Arthur pouvait voir qu'elle était préoccupée. De temps à autre, elle lui lançait des regards depuis le rétroviseur central, pour s'assurer qu'il allait bien et ses grands yeux étaient remplis de tristesse. Arthur redoutait la réaction de sa grand-mère mais il était fier d'avoir réussi sa mission. Désormais, elle ne pourrait plus faire comme s'il ne comptait pas. Il était bien décidé à demander des explications et se promit de ne plus faire confiance à quiconque dans cette étrange maisonnée.

Aussi lorsqu'Archibald l'accueillit à son arrivée, il sortit sans un mot de la limousine et se tint silencieux devant le vieil homme, prêt à se défendre. Mais c'était sans compter sur la ruse et le flegme tout britannique d'Archibald, qui en avait tellement vu que plus rien ne le déstabilisait.

— Ah, voici notre petit héros, lança-t-il. Ce que tu as réussi à faire est, ma foi, bien courageux, my boy… Je crois que cela mérite une récompense ! Viens avec moi !

Une récompense ? Arthur n'en croyait pas ses oreilles. Non seulement on ne le réprimandait pas, mais en plus on le félicitait ? Méfiant, il suivit Archibald qui filait à grandes enjambées vers Neverland, en faisant des moulinés en l'air avec sa canne, visiblement très enthousiaste.

Dès son entrée dans le bâtiment, Calliopé, Clio, Poly et Erynn l'accueillirent chaleureusement, s'enquérant de sa santé, vérifiant que tout allait bien.

— Ça va, les éloigna Archibald, laissez le respirer, il est en un seul morceau ! Ne restons pas là, montons ! ordonna-il aux jeunes femmes qui aussitôt escortèrent Arthur au studio de création du dernier étage.

Poly installa le garçon sur le canapé, et lui apporta des jus de fruits et des cupcakes colorés, au grand agacement d'Archibald qui levait les yeux au ciel devant son déploiement d'attentions. Enfin, elle se calma lorsqu'Arthur lui sourit et retrouva un peu de couleurs en mangeant. Une fois tout le monde installé, Archibald demanda le silence et s'adressa à Arthur.

— My boy, nous te devons des excuses, tu n'es plus un enfant et tu as le droit de comprendre ce qui se passe.

Malheureusement, je ne peux tout te dévoiler, simplement te demander de me faire confiance quand je te dis que nous sommes tes amis, et que nous essayons d'agir au mieux.

Calliopé hocha la tête en signe d'accord et lui fit un sourire rassurant. Archibald reprit.

— Dana est une femme de pleine de secrets, mais ce sont de beaux secrets. Je te jure que nous ne sommes pas des hors la loi, ni des mafieux… rigola-t-il, mais un certain nombre de personnes seraient ravies de pouvoir s'en prendre à ta grand-mère. C'est pourquoi elle tient à préserver l'anonymat de Lily et à faire en sorte que rien ne la relie à elle, mais surtout à toi. Crois-le ou non, ces mesures ne visent qu'à te protéger. Et puisque nous en sommes à tout nous dire, sache que ton père n'est pas au courant que Lily est hospitalisée. Il vous croit à Londres en vacances et ne s'inquiète pas. Nous avons également prévenu Mam'Yvonne et ton collège, tout le monde pense que tu es avec ta maman à prendre du bon temps. Je sais que c'est dur à entendre, reprit-il en levant la main pour stopper net toute protestation d'Arthur, mais tu as prouvé ton courage, tu pourras le supporter. Comme dans les contes de fées, c'est toujours le plus petit qui s'avère le plus fort, n'est-ce pas ?

Arthur se taisait, dubitatif.

— Ce jeune médecin que tu as vu, cet interne, est la preuve que nous avions raison. Nous sommes bien surveillés, pourtant nous avions pris soin de brouiller les pistes en transférant Lily dans un hôpital privé et sécurisé. Il semble qu'il ait pu entrer dans le système informatique de l'hôpital pour y introduire une sorte de signal qui s'active dès que quelqu'un consulte le dossier de Lily. Et j'ai cru comprendre que ton amie, est… hum, assez douée pour ce genre de choses aussi, non ?

Arthur rougit. Il repensa au spyware détecté par Yasmine mais ne dit mot.

— Je vois qu'on se comprend, poursuivit Archibald. Dès que Lizzie s'est aperçue que tu étais parti de la maison, elle m'a appelé. J'ai pris aussitôt la décision de faire déplacer ta mère dans un autre service de l'hôpital, je me doutais que tu ne pouvais qu'aller la voir. Mais ton amie a déjoué mes plans, je n'avais pas pensé à l'informatique. Vois-tu, ta mère porte un bracelet à code barre qui renseigne le système sur tout déplacement. Une erreur de ma part semble-t-il… Ton amie l'a trouvée quand même, mais en s'intéressant à son dossier, elle a prévenu à son insu ce faux interne qui a su qu'un visiteur cherchait Lily. Il y a fort à parier qu'il traînait dans les parages en attendant que quelqu'un se pointe au chevet de ta mère. Je me fais vieux pour ce monde… soupira-t-il. Mais ce souci ne se reproduira plus, j'ai pris l'affaire en main. Ta maman est en ce moment même transférée à l'abri dans une de mes propriétés, le château de Komper, en Bretagne. Elle y sera soignée par son médecin, sous la surveillance de personnes de confiance.

Arthur sentait que le vieil homme lui disait la vérité, même si les raisons de sa grand-mère restaient encore floues pour lui. Le « château », c'était donc cela le plan de Dana, son intervention n'avait que précipité les événements puisque le transfert était déjà prévu. Au moins maintenant il savait à quoi s'en tenir.

— Dana va sûrement être fâchée, non ?

Calliopé se mit à rire, suivie des autres jeunes femmes. L'atmosphère commençait à se détendre.

— Ne t'inquiète pas, on ne lui a rien dit sur ta fugue! Lança Erynn. Ce n'est pas la première fois qu'on n'est pas d'accord avec elle…

— Oui, mais ne recommence pas, confirma Clio, tu nous mettrais dans l'embarras.

Arthur repensa à l'attitude de Calliopé la veille au soir, comme Archibald elle n'avait pas osé contredire Dana mais cela ne voulait pas dire qu'elle lui donnait raison pour autant.

— Bon, je t'ai promis une récompense pour ton courage et ton esprit d'initiative, reprit Archibald, et pour te passer l'envie de nous faire faux bond surtout, alors la voici ! Miss, je vous prie, dit-il à l'intention d'Erynn.

Celle-ci effleura sa tablette et l'écran mural géant s'alluma. Arthur reconnut le décor du jet d'Archibald, et au fond le lit où reposait sa mère. Ainsi elle était déjà en route. Une mise en scène soignée masquait sa condition de malade. Les fils qui la reliaient aux appareils et à la vie avaient été cachés, ses longs cheveux blonds encadraient son visage et retombaient sur sa blouse, des bouquets de fleurs complétaient l'ensemble. Arthur eut le cœur serré en contemplant sa maman, si loin, mais grâce à ses amis, un peu plus proche de lui.

— Voilà, my boy, bientôt tu seras auprès d'elle, en attendant tu peux la voir à distance et tu pourras venir ici aussi souvent que tu le veux, murmura Archibald, lui aussi ému. Ce sera notre secret, ok ?

Sans réfléchir Arthur se jeta dans ses bras. Soudainement, les digues craquaient, toutes les angoisses de ces derniers jours sortaient, il pleurait à grosses larmes sans pouvoir s'arrêter. Ses épaules tressautaient sous la violence des hoquets. Gêné et ne sachant trop comment se comporter, Archibald lui tapotait doucement le dos, sous le regard légèrement moqueur de Calliopé. Lorsqu'il se fut calmé, Arthur s'allongea sur le canapé et s'endormit aussitôt, face à l'image de sa mère qui veillait sur lui.

Alexandrie, Égypte ancienne
Année 47 avant notre ère

Debout sur le toit terrasse de la grande bibliothèque d'Alexandrie, dans l'air devenu brûlant, la jeune femme contemplait en contrebas le brasier qui dévorait la flotte de Pharaon attaquée par César. D'ici peu, les flammes qui ravageaient le port allaient envahir l'entrepôt où dormaient les manuscrits ramenés des dernières campagnes en Mésopotamie et en Orient. Des textes rares qu'elle avait pistés durant des décennies, auxquels s'ajoutaient des milliers de rouleaux et de parchemins : les copies des livres de la grande bibliothèque, effectuées par les nymphes au fil des siècles.

Le travail de toute une vie allait partir en fumée à cause de stupides querelles de succession. César convoitait l'orgueilleuse Égypte pour la soumettre à son joug. Le jeune roi Ptolémée ne serait pas de taille à lutter contre l'armée romaine, ni même contre sa propre sœur, Cléopâtre, qui briguait son trône et offrait la ville à César.

Nausicaa ne se souciait guère du sort de l'Égypte. À son tour elle tomberait devant les conquérants de Rome, comme la Crète puis la Grèce en leur temps, comme la Gaule, comme tous les peuples qu'elle avait aimés et qu'elle voyait se soumettre les uns après les autres. Voilà bien longtemps qu'elle avait quitté sa contrée d'adoption, la Crète, fuyant toujours plus loin devant l'avancée de ces maudits Romains qui ne croyaient pas au merveilleux, trop occupés à semer la terreur sur leur passage et à se glorifier de leurs conquêtes.

Elle avait eu trois siècles de répit, maintenant l'aventure touchait à sa fin.

Elle sourit au souvenir du stratagème qui l'avait emmenée autrefois en Égypte. Le jeune empereur grec Alexandre rêvait alors de gloire, d'une cité qui porterait son nom et rayonnerait par-delà les mers. Elle, rêvait d'une grande bibliothèque pour abriter tous les récits que les muses avaient inspirés aux humains. Elle était lasse de se cacher sans cesse ; les temps changeaient, les nouveaux maîtres du monde méditerranéen ne prisaient pas les poètes. Partout sur leur passage l'imaginaire agonisait. Il lui fallait préserver tout ce pour quoi elle s'était battue depuis des siècles, sa mission se modifiait. Il ne suffisait plus de conter de ville en ville, d'envoyer les nymphes instruire les artistes, désormais il fallait aussi collecter les textes précieux et les sauver pour les générations à venir.

Se cachant sous les traits d'Homère, le vénéré poète grec, elle avait visité Alexandre en songe et lui avait fait entrevoir son grand projet : une bibliothèque contenant des centaines de milliers de parchemins, recueillis dans tous les royaumes, bâtie dans un pays lointain encore préservé des Romains. Fasciné et croyant à un rêve prémonitoire, Alexandre s'empara du projet mais il mourut avant sa réalisation, en confiant l'Égypte au pharaon Ptolémée 1er.

Nausicaa, qui agissait dans l'ombre, ne renonça pas et rejoignit Alexandrie, la ville d'Alexandre, où elle retrouva Démétrios, un des poètes qu'elle avait protégé en Grèce, désormais devenu architecte du roi d'Égypte. Celui-ci reprit le grand projet d'Alexandre, et comme on n'est jamais mieux caché que dans la lumière, il fit également construire pour Nausicaa un palais au sein d'Alexandrie, le Museion.

Nommé en hommage aux muses, il abritait une académie et une université où les plus brillants poètes et savants discouraient jours et nuits. Mais surtout, le palais renfermait un bijou précieux, la grande bibliothèque, contenant plus de 500 000 manuscrits. Très vite, le Museion étendit sa renommée au-delà des mers. Les princes y envoyaient leurs plus grands savants chargés de nouveaux manuscrits, pour apprendre et se former aux nouvelles sciences comme la botanique et la zoologie.

Ptolémée lui-même se prit au jeu et se passionna pour la bibliothèque ; son dessein était d'acquérir toutes les œuvres écrites de l'humanité et il déploya des moyens colossaux en ce but, aidant sans le savoir le plan de Nausicaa. Toujours en retrait, cachée au cœur du palais avec ses protégées, elle vit lui succéder bien des souverains, certains cherchant à supplanter la gloire défunte d'Alexandre, d'autres tentant de fermer la bibliothèque. Pourtant, en presque trois siècles, jamais elle n'avait douté de la force de son idée. Jamais jusqu'à aujourd'hui.

En ce moment funeste, elle pensait à Démétrios, son cher allié mort depuis longtemps. Comme il lui manquait ! Comme il aurait été triste de voir ces temps troublés, lui qui avait fui Athènes tombée aux mains des tyrans romains pour cette nouvelle terre pleine de promesses.

Alexandrie serait bientôt soumise à son tour, plus rien ne resterait du monde de raffinement qu'elle avait connu. Sa décision était prise. Les nymphes devaient être en train de charger les précieux documents dans des malles. César avait mis le feu au port. L'incendie se déploierait bientôt en ville, ravageant les entrepôts du Museion. Elle comptait sur cette diversion pour emporter les manuscrits. Personne ne les chercherait dans les restes du brasier, c'était l'occasion rêvée. Les malles aussitôt chargées sur des chariots seraient bientôt dirigées hors de la ville. Les plus anciens récits d'Aisopos, de Démétrios, de tous les poètes grecs qu'elle avait formés et de tous les savants du monde entier, seraient sauvés. Car désormais, l'avenir de la bibliothèque d'Alexandrie semblait compromis.

Cette pensée la réconforta. Le devoir la guidait ailleurs. Le fruit de ces siècles de collecte et de travail ne partirait pas en fumée.

Le feu attaquait maintenant les entrepôts portuaires de la bibliothèque, mais les manuscrits étaient déjà loin. Jusqu'à l'aube rougeoyante, Nausicaa resta debout face au brasier, tel le capitaine sur son navire de fortune, embrassant dans un dernier adieu sa cité d'exil.

7

Il n'est pas prudent d'écarter de ses calculs
un dragon vivant, quand on est près de lui.

J. R. R. Tolkien (le Hobbit)

Arthur avait chaud. La peau en feu, il repoussa sa couette et aussitôt un frisson glissa le long de sa colonne vertébrale. Depuis cinq jours il n'avait presque pas quitté son lit, victime d'une grosse fièvre. Les derniers événements avaient eu raison de lui. Le médecin avait préconisé du repos, aucun stress. Arthur à peine conscient avait cru reconnaître le médecin chef de l'hôpital, mais ses souvenirs étaient flous. Il ne se rappelait plus comment il avait atterri dans sa chambre après sa visite à Neverland ; les visages se succédaient à son chevet, sans qu'il puisse vraiment se souvenir de qui venait.

La plupart du temps il dormait; mais dans ses rares périodes de veille tout était confus. Il trouvait ses repas sur un plateau près du lit, mangeait, sentait qu'on le soignait, qu'on le changeait, mais ne fixait pas son attention. Il ne parvenait plus à différencier ses rêves de la réalité. Parfois il souriait à Calliopé et Archibald, parfois il discutait avec un petit chat blanc aux yeux très doux, à qui il confiait tout ce qu'il avait sur le cœur comme si l'animal le comprenait mieux que personne au monde. Il se laissait aller à ses rêveries agitées, ne s'apaisait que lorsque Polly et Calliopé, qui veillaient sur lui à tour de rôle, le calmait avec des berceuses qui lui rappelaient celles que chantait sa mère.

De temps en temps, il se réveillait en sursaut après un cauchemar, et trouvait Archibald assis près de lui, silencieux et songeur, le regardant avec une expression indéchiffrable. Lorsqu'il se sentait mieux, celui-ci lui faisait la conversation ou lui lisait des contes anciens, puis Arthur replongeait dans le sommeil et oubliait tout de nouveau.

Des bribes de conversation lui parvenaient parfois depuis le rez-de-chaussée, dans lesquelles il reconnaissait la voix de Dana. Il sentait qu'elle venait parfois le voir mais n'arrivait jamais à se réveiller à temps et à la prendre sur le fait.

Et puis, au matin du sixième jour, il se réveilla frais et dispo. Il mit un pied à terre et se sentit en pleine forme. Son sac à dos était rangé sur une étagère de la penderie. Un rapide coup d'œil à l'intérieur lui apprit que le paquet ramené de l'hôpital était toujours là. Il s'en occuperait plus tard. Désormais, il avait les idées plus claires et comprenait qu'Archibald était de son côté, ainsi que Calliopé et toutes les autres. Il pouvait leur faire confiance. Il s'habilla à la hâte, il avait plusieurs jours à rattraper et ressentait soudain l'envie de voir ses nouveaux amis. Pour autant, il n'oubliait pas les anciens et remarqua que Yasmine et Émile lui avait laissé une cinquantaine de messages et presque autant de textos sur son portable. Il les avait laissés en plan à l'hôpital après l'entrée du faux interne et ne les avait pas rappelés depuis. Yasmine devait être folle d'inquiétude.

Honteux et craignant un peu la réaction de son amie, il l'appela sans même lire ses messages. Elle apparut immédiatement à l'écran et lui lança un regard noir.

— Euh, salut Yas ! balbutia-t-il.

— Ouais, salut ! T'es donc pas mort ?

Arthur grimaça, Yasmine lui en voulait.

— Non… désolé, je n'ai pas pu te rappeler, en fait j'étais au lit depuis quasi une semaine, je crois que j'ai eu de la fièvre…

De fâchée, Yasmine devint inquiète. Son visage se décomposa.

— Encore ! Arthur, tu sais que c'est grave ! Le docteur t'a prévenu, il faut que tu rentres !

— Mais non, ça va aller, l'assura le garçon. Je ne peux pas rentrer maintenant, et puis ici aussi il y a des médecins, tu sais, essaya-t-il de plaisanter. Mais le cœur n'y était pas.

Depuis un an environ, ses accès de sommeil fiévreux étaient fréquents, le terrassant pendant plusieurs heures sans que rien ne puisse l'expliquer. Les examens divers n'avaient rien donné et son médecin envisageait une hospitalisation et tout un tas de tests qu'Arthur redoutait. Il allait bien se garder d'en parler à ses nouveaux amis, même si cinq jours de fièvre consécutifs constituaient un record un peu inquiétant.

Yasmine renifla de désapprobation.

— Bon, ben je suppose que t'es excusé alors, mais faut tout me raconter !

Arthur s'assit sur son lit et entreprit d'expliquer à son amie tout ce qu'il lui était arrivé depuis l'entrée de l'interne, qui s'avérait être un imposteur, jusqu'à la surprise d'Archibald, la caméra le reliant à sa mère. Il passa vite sur ces derniers jours desquels il n'avait que de vagues souvenirs.

Puis ils se séparèrent sur la promesse qu'Arthur ne la laisserait plus sans nouvelles et qu'elle, de son côté, rassurerait leur ami Émile qui menaçait déjà de venir le chercher à Londres par la peau des fesses. Au moment où il coupa la communication, il perçut un mouvement du coin de l'œil. Tournant rapidement la tête vers la penderie il eut juste le temps d'apercevoir un bout de queue terminée par une houppette de fourrure blanche. Il n'avait pas rêvé, il y avait bien un chat dans cette maison ! Arthur se rappela celui entrevu dans la boutique d'Archibald, il devait rôder entre les deux maisons. Aussitôt, il le prit en chasse, et se précipita à son tour dans la penderie. La pièce n'était pas très grande et un chat ne pourrait pas s'y cacher bien longtemps. L'animal avait dû foncer derrière les boîtes à chaussures et les cartons impeccablement rangés au sol. Arthur se mit à quatre pattes et entreprit d'appeler le chat en bougeant les boîtes pour le faire surgir.

— Eh, petit, viens ici, je ne vais rien te faire, viens minou !

Un petit cri apeuré lui parvint ; le chat devait effectivement être coincé au fond du placard. Arthur tendit la main aussi loin que possible et ses doigts entrèrent en contact avec de la fourrure douce et chaude. Il saisit l'animal, qui semblait de petite taille, et le ramena vers lui avec précaution. Il le tenait maintenant à deux mains devant lui, mais son cerveau n'arrivait pas à intégrer ce qu'il voyait. Le petit corps était couvert de peluche blanche et se terminait par une longue queue munie d'une boule de fourrure à son extrémité. À part des oreilles pointues et un museau froncé, la ressemblance avec un chat s'arrêtait là. La créature le fixait de ses grands yeux en amande dans un mélange d'inquiétude et de malice, esquissant un sourire hésitant. Ses petites mains dodues s'agitaient, prises de tremblements. Arthur réalisa que quoi que ce fût, l'animal était encore jeune et semblait avoir peur de lui. Il se mit à se tortiller et par réflexe Arthur lâcha prise, de peur de se faire griffer. L'animal se réceptionna souplement sur le sol dans un bruit mat.

Incrédule, le garçon le regardait à présent se redresser. Debout, il lui arrivait à peine au genou, sa longue queue balayant l'espace derrière lui. Il portait une vieille salopette usée mais propre et, détail incongru, un petit bonnet de cuir, comme en portaient les aviateurs du siècle dernier.

— Mais qu'est-ce que tu es, toi ??? J'ai des hallucinations ou quoi ? s'exclama Arthur.

La créature cligna des yeux, l'air attristé.

— Reuhh !! souffla-t-il. Sleep ?

Arthur fit un bond en arrière, il ne manquerait plus

qu'il se fasse mordre ! Mais le chat, ou quoi que ce soit, ne semblait pas agressif.

— Quoi ? réagit enfin Arthur. Tu parles ?

— Ya ! répondit le chat en hochant la tête dans l'affirmative. Sleep ? Ouch ?

La créature s'approcha, l'air soucieux, en désignant la tête du garçon.

— Tu veux savoir si j'ai mal ? Euh, non ça va mieux… merci

Un grand sourire éclaira le petit visage.

— Yum-yum ?

— Oui, j'ai un peu faim…

Comme s'il n'attendait que ce signal, l'animal se leva d'un bond et avant qu'Arthur ne puisse réagir il fila vers la chambre à toute vitesse. Encore sous le choc de la rencontre, l'adolescent le suivit et se retrouva nez à nez avec Archibald qui venait d'entrer.

— Hello, my boy, content de te voir sur pieds ! lança celui-ci. J'ai frappé à la porte mais tu ne m'as pas répondu. Est-ce que tout va bien ? Tu m'as l'air encore un peu pâle…

— Euh, bonjour Archibald, non ça va. Vous n'auriez pas croisé un… chat ? répondit le garçon.

— Un chat ? Certes non ! s'exclama le vieil homme en riant, il n'y a pas de chat dans cette maison. Mais peut-être veux-tu parler de notre petit Pillwiggyn. Il ne t'a pas fait peur au moins ? Il faut l'excuser il est encore jeune. Allons, montre toi Pillwiggyn, viens te présenter.

Sur le palier de la chambre apparut alors la créature mi-chat, mi-humain, l'air embarrassé de s'être fait attraper par Archibald. La tête basse, il entra et se posta à côté du vieil homme.

— Qu'est-ce que c'est que ce truc ? cria Arthur plus fort qu'il ne l'aurait voulu, ses nerfs commençant à lâcher.

— Pillwiggyn est un familier, et ne le traite pas de « truc », tu vas le vexer, répondit Archibald en s'asseyant sur le bord du lit, les deux mains en appui sur sa canne. Il est très gentil, tu n'as rien à craindre. Comme tu peux le voir, c'est encore un petit, c'est pourquoi il est couvert de duvet blanc. Les adultes ont la peau claire comme nous.

— Parce qu'il y en a d'autres !! s'étrangla Arthur

— Oui, en fait deux autres, précisa Archibald. Ses parents sont les familiers de Dana également. C'est très pratique un familier, tu verras. Ils sont chargés de toutes les tâches domestiques et adorent ranger, laver et mettre les choses en ordre. Tu ne verras jamais rien traîner dans une maison où règne un familier… Je crois que tu as dû t'en apercevoir, tes affaires n'ont jamais été si bien rangées n'est-ce-pas ? Oh, et puis surtout, ils devancent les désirs de leurs maîtres, et ça, crois-moi, c'est inestimable, ajouta Archibald en riant, surtout quand on se fait vieux comme moi.

Paraissant ne pas s'apercevoir de la stupéfaction d'Arthur, ou bien l'ignorant à dessein, le vieil homme continua de décrire les avantages d'un familier, devant Pillwiggyn qui se dandinait d'un pied sur l'autre, gêné.

— Si tu as faim, soif ou envie de quelque met particulier, le familier te l'apporte sans que tu aies besoin de demander. Ils sont très sensibles également aux humeurs de leur maître, et capables d'une grande empathie. Je crois comprendre que ta soudaine maladie a dû attirer Pillwiggyn et qu'il a pris l'habitude de venir te voir quand tu dormais, malgré nos interdictions…

A ces mots le petit devint tout rouge et sembla vouloir disparaître sous le tapis. Interloqué, Arthur allait de l'un à l'autre, se demandant qui des deux était le plus fou, cette créature sortie de nulle part, ou son ami qui en vantait les mérites comme s'il s'agissait d'un vulgaire robot ménager. Il explosa.

— Mais enfin, mais QU'EST-CE QUE C'EST ???

Surpris par le ton du garçon, Archibald sursauta.

— Mais… je te l'ai dit, un familier !

— Et c'est QUOI, un familier ??? Pourquoi j'en ai jamais vu avant ? Et personne n'en a jamais vu d'ailleurs !

— Ah, tu veux dire, sur un plan technique ? Et bien c'est une sorte de farfadet… un elfe domestique, si tu préfères.

Pillwiggyn approuva en hochant plusieurs fois la tête de contentement, à grand renfort de yep ! sonores.

— Un farfadet ! Et vous croyez que je vais gober ça ?

— J'ai bien peur que tu n'aies pas le choix, my boy. Mais voilà sa maman qui arrive, elle est très inquiète de ta réaction, alors essaie de faire bonne figure, chuchota-t-il. Les farfadets sont susceptibles, ils sentent si on ne les apprécie pas et cela les rend malheureux, car leur plus grande joie est de rendre service.

Timidement, une autre créature arriva. Dès qu'il la vit, Pillwiggyn se précipita dans ses bras. Vêtue d'une robe de toile usée, sa maman avait les mêmes grands yeux effilés, les mêmes oreilles pointues sous un bonnet rouge, et comme l'avait précisé Archibald, sa peau était parfaitement lisse. Sans cette queue et ces oreilles de chat, on aurait pu la prendre pour une petite fille. Elle fixait à présent l'adolescent, attendant résignée une punition pour son garçon intrépide.

— Dis-lui quelque chose, Arthur, elle veut savoir si tu es fâchée après son fils, et si tu veux le punir.

— Quoi ? Bien sûr que non, ce n'est pas sa faute ! C'est juste… dément !

A ces mots, la familière sourit et s'inclina. Puis elle prit son fils fermement par la main et le sortit rapidement de la chambre avant que les maîtres ne changent d'avis. Archibald semblait beaucoup s'amuser.

— Allez viens my boy, tu as bien mérité un solide breakfast. Non, inutile de demander, ajouta-t-il en se levant, je ne parlerai pas l'estomac vide !

Il sortit sans ajouter un mot. Arthur lui emboîta le pas, en se demandant si cette fois la fièvre n'avait pas causé des dégâts à son cerveau. Un farfadet ! Et puis quoi encore ? Il nageait en plein délire !

Au salon, l'ambiance était toute autre, Arthur perçut immédiatement la tension qui y régnait. En voyant le visage crispé de Dana, il en oublia aussitôt les familiers et s'inquiéta pour sa mère. Autour de la table du petit déjeuner il reconnut une bonne partie de l'équipe de Calliopé ; Poly toujours aussi empressée à aider, Clio l'air fermé, comme Terpo et Lizzie. Les jeunes femmes habituellement enjouées semblaient retirées dans leurs pensées. Seule Erynn le salua d'une grimace qui le fit sourire, tout comme son t-shirt où un Alien portait ET dans son panier à vélo, plagiant la scène culte du film.

À son approche, Dana lui fit un signe de tête, tandis qu'Archibald la rejoignait pour lui murmurer quelque chose à l'oreille. Avisant le garçon planté au milieu du salon, Poly posa son plateau sur la table et vint à sa rencontre.

— Est-ce que maman… s'étrangla Arthur, sans pouvoir formuler ses craintes.

— Non, ne t'inquiète pas, elle va bien. Nous sommes heureuses de voir que tu es réveillé, ajouta-t-elle. Viens t'asseoir, je vais te servir un copieux déjeuner.

Soulagé, Arthur tira une chaise près de Calliopé, en prenant soin de se trouver le plus loin possible de sa grand-mère qui feignait de l'ignorer. Comme si elles n'attendaient que ce signal, les jeunes femmes s'empressèrent de changer d'attitude et lui souhaitèrent la bienvenue.

— Tu nous as fait une peur bleue, lui confia Calliopé. J'espère que tu vas mieux maintenant ?

— Le médecin a recommandé beaucoup de repos, ajouta Poly, tu as du avoir un choc avec toutes ces émotions, poor boy, remets-toi, mange.

Arthur fit honneur aux plats. Son estomac criait famine. Il dévora une grande quantité d'œufs brouillés et de saucisses grillées sans se poser de questions, alors qu'à peine quelques jours plus tôt la simple vue du petit déjeuner typiquement anglais lui soulevait le cœur. Tandis qu'il mangeait, Dana le fixait en silence, un air indéchiffrable sur son beau visage. Peu à peu, les conversations s'étaient arrêtées, tous les regards allaient d'Arthur absorbé par son assiette, à Dana, qui faisait rouler sa tasse entre ses mains en le dévisageant.

— Arthur ?

Le garçon sursauta. La voix de sa grand-mère avait tranché le silence d'un ton qui ne présageait rien de bon. Il releva la tête et la fixa à son tour, essayant de se donner une contenance.

— J'ai eu le temps de réfléchir pendant ces quelques jours où tu as été malade, commença Dana, et je dois dire que je suis plutôt surprise. Il semble que je t'aie mal jugé, si l'on en croit ce que me disent Archibald et Calliopé, en qui j'ai toute confiance. Tu as gagné leur amitié, ce qui n'est pas aisé, et pourtant, je n'arrive pas à me persuader que j'avais tort…

Arthur déglutit. À voir l'air grave de ses deux amis en question, le discours de sa grand-mère risquait de lui régler son sort. Si elle le renvoyait à Nantes, il ne pourrait plus voir sa mère. Il sourit donc bravement et attendit la suite.

— Alors je vais être claire : en ce qui me concerne, tu dois encore faire tes preuves. Cependant, je veux bien admettre que notre lien de parenté puisse affecter mon jugement, et me rendre, disons… plus exigeante. J'attends de toi que tu te montres digne de ton rang, et cela commence par ne pas me mentir, ni me désobéir. Tu t'es enfui pour aller voir ta mère, alors que je te l'avais formellement interdit.

Le ton de Dana était glacial. Arthur piqua du nez dans son assiette tandis que tous se taisaient, figés. Le garçon sentait des larmes de colère monter et lui chatouiller le nez, quand une petite main saisit la sienne sous la table. Caché sous la nappe, Pillwiggyn lui sourit et vint se serrer contre lui pour le réconforter.

— À cause de ton comportement, continua Dana, nous devons faire face à de graves conséquences. Heureusement, Lizzie a réussi à limiter les dégâts en devinant où tu allais et nous avons pu prendre les devants pour protéger ta mère. Comme Archibald te l'a expliqué, toute visite à ta maman risquait de faire remonter la piste jusqu'à moi, et tant qu'elle ne pouvait pas être transportée ailleurs, elle devait rester sous la surveillance de médecins dévoués, sans contact avec sa famille ou ses amis, aussi dur que cela puisse te sembler.

Dana soupira et balaya l'espace d'un geste de la main.

— Toutes ces mesures sont inutiles désormais, Lily était bel et bien surveillée et nous avons de grandes raisons de croire que nous le sommes aussi. Ce faux médecin à qui tu as parlé se rapproche dangereusement de nous. Je vais devoir prendre des décisions importantes, précipiter les événements… et la première chose à faire a été d'emmener ta maman en sécurité, loin d'ici. Archibald y a veillé avec efficacité, comme d'habitude.

Celui-ci hocha la tête, concentré.

— De toute façon, continua Dana, les médecins ne pouvaient rien faire de plus ici pour elle, le remède qu'il lui faut est… ailleurs. Quant au reste, ma décision est prise, dès ce soir, Calliopé et moi-même rejoindront Lily chez Archibald, en France, ajouta-t-elle à l'intention des jeunes femmes autour de la table. Vous autres suivrez demain. Je suis désolée, je pensais avoir plus de temps pour nous retourner, mais nous devons nous cacher pour le moment, jusqu'à des temps plus sûrs.

Arthur crut que le sol se dérobait sous sa chaise. Personne ne réagissait, tout le monde semblait trouver la situation normale. Il se leva, prêt à se mettre à hurler quand Dana l'arrêta d'un geste autoritaire en se levant à son tour.

— Quant à toi, dit-elle, je t'emmène avec nous ! Archibald m'a convaincue que ta place est parmi nous, même si je reste sceptique. Je reconnais cependant que j'ai pu commettre une erreur en te laissant dans l'ignorance de tes origines, et que cela a pu nous conduire à cette situation. Je te révélerai donc tout ce que tu dois savoir pendant notre voyage. En attendant, je te demande la plus grande obéissance. Tu resteras dans ta chambre jusqu'à notre départ.

Aveuglé par l'impuissance, le sang pulsant à ses tempes, Arthur n'avait entendu qu'une chose : elle l'emmenait auprès de Lily ! Peu lui importaient les raisons de sa dingue de grand-mère, qu'elle aille au diable avec ses secrets. Il partait avec elle et il trouverait bien un moyen de sauver sa mère de ses griffes.

8

Bien sûr que ça se passe dans ta tête, Harry, pourquoi donc faudrait-il en conclure que ce n'est pas réel ?

J.K. Rowling (Harry Potter à l'école des Sorciers)

Arthur regarda Dana quitter le salon, serrant les poings sous la table. Encore une fois elle lui faisait ressentir son impuissance, le reléguait au rang d'enfant qui n'a pas son mot à dire. L'envie le démangeait de lui déballer ses quatre vérités.

Soudain, il lui sembla que les murs se mirent à vibrer, doucement d'abord, puis de plus en plus fort. Il secoua la tête, sonné, et s'aperçut qu'il n'entendait plus un son. Autour de lui, Archibald, Calliopé et Clio s'étaient levés à leur tour et se lançaient des regards affolés.

Puis tout ralentit. Il eut l'impression de se trouver dans une bulle, coupé des jeunes femmes qui courraient partout, criant des choses qu'il ne pouvait entendre. Sa tête le brûlait, mais bizarrement il se sentait bien, détendu. Il vit au loin Archibald et Calliopé qui lui tendaient les mains, tandis que Lizzie, Clio et Terpo se précipitaient pour former un bouclier humain devant Dana dans le couloir. Leur inquiétude était si drôle à voir. Qu'elles étaient ridicules et si petites ! Et sa grand-mère qui essayait de lui faire peur, comme elle paraissait pitoyable cachée derrière ses amies. De toute façon, elle ne l'aimait pas. Elle n'avait jamais aimé personne, elle méritait d'être écrasée, anéantie, réduite en poussière comme un misérable insecte. Tout était de sa faute !

Arthur se sentait invulnérable, flottant au-dessus de cette bande de lâches qui n'avaient rien fait pour le protéger de sa grand-mère. Tout était clair à présent. Il rit à la pensée qu'il avait craint de partir de cette maison ! Mais le monde était grand, il emmènerait sa mère où il voudrait, rien ne lui résisterait ! Et surtout pas Dana.

Il sentit des petits coups de griffe sur son ventre et passant sa main sous son pull, rit de plus belle en découvrant Pillwiggyn qui s'était faufilé sous ses vêtements. Le familier se hissa jusqu'à son épaule et le regarda droit dans les yeux. Alors qu'une nouvelle crise d'hilarité secouait Arthur et menaçait de le faire tomber, tant le garçon tremblait de rire, Pillwiggyn le gifla de toutes ses forces. Aussitôt Arthur se calma et sentit brusquement le sol sous ses pieds.

— Aïe ! s'indigna-t-il. Ça va pas non ?

— Mrrowwll !!

— Arthur ! le secoua Archibald, est-ce que tu m'entends my boy ?

— Oui, bien sûr que je vous entends, vous me hurlez dessus, faut vous calmer ! Vous êtes tous dingues ici !

Calliopé le serra dans ses bras, soulagée. Puis elle lui fit signe de ne pas bouger de derrière le Chesterfield, où avec l'aide d'Archibald, elle l'avait traîné pendant sa crise, juste avant que le familier le gifle.

— Chut ! lui intima-t-elle. Il est ici. Il s'est servi de ta colère pour entrer, ne bouge plus et reste près de nous quoi qu'il arrive !

— Quoi ? Qui est ici ? Je ne vois personne moi !

— Son ectoplasme a suivi ton énergie. Ta colère, Arthur, c'est la clé ! Maîtrise-la ou il va s'en prendre à toi de nouveau, souffla Archibald, sa canne levée devant lui en position défensive.

Arthur s'apprêtait à répliquer quand il sentit de nouveau l'air bouger, comme s'il se solidifiait, se concentrait jusqu'à prendre forme humaine. Plus intrigué que réellement inquiet il scruta l'étrange phénomène. Bientôt il reconnut un visage, celui du jeune interne !

Là, ça devenait carrément bizarre !

Une main le tira brusquement en arrière et il se retrouva coincé entre Calliopé et Lizzie qui venait en renfort. Les jeunes femmes le maintenaient fermement derrière elles, tandis que de leur main libre elles brandissaient quelque chose en direction de la forme ondulante qui se déployaient à présent au-dessus d'elles, essayant de distinguer l'adolescent qu'elles cachaient.

Arthur aperçut des éclairs jaillir de la main de Calliopé et reconnut ce qu'elle tenait. Une boule luminescente semblable à celle du studio de création, qui semblait palpiter dans la paume de la jeune femme tant elle crépitait de fureur. Étrangement, l'ectoplasme sembla reculer devant son éclat. Subjugué, Arthur avait oublié toute colère et observait la scène avec curiosité. Il vit Dana revenir au salon et repousser fermement ses gardes du corps pour avancer vers la forme, la main sur un globe de verre qu'elle portait en médaillon à son cou.

— Milady, non ! Reculez, cria Calliopé, il ne doit pas vous voir !

Déjà Archibald levait sa canne en rempart devant son amie, mais Dana le dissuada d'un regard impérieux.

— Ça suffit ! Nous avons évité cela trop longtemps ! Egregor ! rugit-elle en direction de la forme, montre toi ! Fais face à ta reine !

Aussitôt le visage fantôme abandonna ses proies et se dirigea vers Dana. Un grand sourire se dessinait sur sa face mouvante.

— Tiens, tiens, vous n'êtes donc pas morte, Milady ! railla-t-il d'une voix caverneuse. On m'aurait donc menti pendant toutes ces années ? Comme cela devient intéressant ! J'ai bien fait de suivre ce petit avorton ! Où est-il celui-là d'ailleurs ? Vous le cachez ? Hum… de plus en plus fascinant.

— Tu n'as aucun pouvoir en ce monde, Egregor ! Recule et laisse nous en paix, nous ferons de même.

L'ectoplasme leva un sourcil, surpris par ces paroles, puis éclata d'un immense rire. L'air se mit à vibrer de plus belle, comme si le vent s'était levé dans la pièce, secouant tous les objets.

— Vous plaisantez ? Croyez-vous que je vais laisser passer une si belle occasion d'en finir pour de bon ? Apparemment mon père n'a pas terminé le boulot, mais moi, je ne vous louperai pas, ma reine…

Dana accusa le coup sans broncher. Seule une lueur sauvage dans son regard témoignait de son intense colère en cet instant. Une pure haine. Elle se cachait depuis si longtemps qu'elle avait oublié qu'autrefois elle se tenait en reine devant tous les peuples, que les mondes frémissaient à la seule évocation de son nom. La douleur l'habitait à présent, le souvenir de tout ce qu'elle avait perdu à cause de ce traître d'Arkadius lui brûlait le cœur. S'il fallait en finir vite, autant que ce soit aujourd'hui, peu lui importait. Elle avait assez attendu. Comme hypnotisée, elle se mit à marcher vers la silhouette qui se matérialisait peu à peu, lui tendant les bras, l'air moqueur. Brandissant son talisman, elle se mit à chantonner doucement. Des éclairs jaillirent du médaillon de verre, pour se tordre et s'allonger comme des fils de soie luminescents, impatients tels des armées furieuses. En quelques secondes, un cocon iridescent enveloppa Dana. Puis les filaments animés d'une vie propre commencèrent à ramper vers son ennemi qui la narguait toujours, impassible.

Comprenant ce qui allait se passer, Calliopé et Lizzie bondirent vers Dana juste au moment où le cocon masquait le couple à leur vue. Alors, sous les yeux incrédules d'Arthur, les filaments explosèrent dans un jaillissement de lumière. De Dana et Egregor il ne resta rien : seulement le vide et le silence.

Archibald hurla, mais ses cris furent noyés par des déflagrations qui firent voler en éclat toutes les vitres de la pièce. Plaqué au sol par Erynn et Poly, réfugiées à leur tour derrière le canapé, Arthur aperçut des boules de feu entrer par les fenêtres éventrées et commencer à lécher les meubles et les rideaux. Mel s'était évanouie et gisait à leurs pieds.

Des cris stridents lui écorchèrent les tympans. Couché à ses côtés, Pillwiggyn se bouchait les oreilles, visiblement au supplice sous la puissance des ultrasons. Relevant la tête, le garçon découvrit des créatures ailées qui pénétraient par les vitres vandalisées.

— Des gargouilles ! Attention ! hurla Erynn qui suivait son regard.

Les infects volatiles gothiques, au museau écrasé de chauve-souris et au corps de singe volant, agitaient leurs ailes mécaniques dans tous les sens, achevant de disperser l'incendie. Leurs rouages mal huilés, grinçant furieusement à chaque battement d'aile, s'ajoutaient au vacarme déjà insoutenable.

Calliopé secoua sans ménagement Archibald qui contemplait ahuri l'espace où s'était tenue Dana une seconde auparavant. Egregor aussi avait disparu, mais sa présence malsaine restait perceptible.

— Archie ! hurla Calliopé pour couvrir le bruit des gargouilles, occupez-vous d'Arthur ! On se retrouve au château, comme l'avait voulu Dana !

Puis elle fila prêter main forte à Clio et Terpo qui s'étaient réparti les tâches avec efficacité, tentant de réduire l'incendie qui se propageait aux salons. À peine les rejoignit-elle que de nouvelles boules de feu entrèrent, cette fois suivies par des silhouettes noires. Archibald qui avait retrouvé ses esprits, fit un signe d'entendement à Calliopé et poussa fermement Arthur vers l'escalier devant lui. Pillwiggyn lui sauta au cou, trop content d'échapper à cette folie. Le garçon eut juste le temps d'apercevoir Erynn et Poly rejoindre le combat. Les ectoplasmes surgissaient de partout et prenaient forme en se posant au sol. Les filles se battaient comme des ninjas surentraînés, Lizzie en tête, rendant coups pour coups. Malgré leurs efforts le feu progressait rapidement, déplaçant un écran de fumée qui lui cacha bientôt la scène.

Il grimpa les marches en courant, poussé par Archibald.

— Dépêche-toi, my boy, il faut filer ! La chambre de Dana, vite !

Arthur obéit mais sur le seuil de la chambre de sa grand-mère, il stoppa net et fila vers sa propre chambre.

— Non ! Pas par-là, Arthur, reviens ! hurla Archibald. Il y a une sortie ici !

N'écoutant rien, le garçon se précipita dans sa penderie, attrapa son sac à dos et pour une fois remercia en pensée le familier qui l'avait si bien rangé à sa place. Puis il saisit son portable sur le lit et embrassant une dernière fois la chambre du regard, avisa le livre de Peter Pan sur le bureau. Sans réfléchir, il le fourra au fond de son sac et fila à toute vitesse rejoindre Archie. Celui-ci l'agrippa fermement par l'épaule pour lui enlever toute envie de s'échapper de nouveau puis l'entraîna sans ménagement vers la cheminée. Il le fit entrer sous l'immense voûte de l'âtre et frappa les briques noircies du pommeau de sa canne. Aussitôt, la plaque de métal qui fermait le conduit remonta dans un grondement sec et révéla un passage.

— Allez, dépêche-toi, passe là-dedans, lui intima Archibald. Un vieux truc le passage secret, mais toujours efficace ! James Barrie s'en servait pour rejoindre son bureau la nuit, ou pour sortir sans être vu…

La trappe se referma derrière eux, les laissant dans l'obscurité complète.

— Ah, souffla Archibald, j'avoue que je n'avais pas prévu cette petite virée nocturne, je n'ai pas de lampe sur moi my boy, il va falloir ramper dans le noir.

— Ça peut s'arranger.

Arthur alluma son téléphone sur l'application torche. Un long couloir de briques rouges souillées de suie s'ouvrit alors devant eux. Pillwiggyn sauta au sol et ouvrit la marche, ses yeux de félin moins gênés par le manque de lumière. Ils progressèrent courbés, à la faible lueur du portable, puis au bout de dix mètres, ils purent se tenir debout sur le sol en pente.

— Archie, qu'est-ce qui se passe ? demanda enfin Arthur, d'une voix tremblante.

— Ne craque pas, my boy. Je sais que tout ça est très dur à assimiler, je t'expliquerai en route, mais il nous faut encore faire quelque chose de très important. Surtout reste bien derrière moi maintenant. Je ne crois pas qu'ils nous aient suivis, mais nous devons rester prudents.

Au bout du tunnel, ils arrivèrent devant une porte en bois vermoulue. Archibald la poussa tout doucement et écouta. La maison semblait silencieuse. Ils se trouvaient à présent dans l'arrière- boutique qui servait de chambre à Archibald. Toujours guidé par la lueur du portable d'Arthur, le vieil homme se précipita vers son comptoir et emballa à la hâte quelques papiers dans un vieux cartable en cuir, puis au pas de course il fit signe à Arthur de le suivre.

Les locaux de Neverland étaient déserts. Pas un téléphone ne sonnait, pas un papier ne dépassait des bureaux parfaitement rangés. Les stores avaient été tirés sur les baies vitrées de sorte qu'on ne pouvait les voir depuis la rue.

— Archie, où sont les employées ? lança Arthur en courant derrière son ami.

— Cela fait trois jours que Dana a fermé les bureaux. Après ton escapade à l'hôpital, elle sentait que le danger arrivait. La plupart des filles sont parties en jet avec ta mère en France pour assurer sa sécurité. Quant aux autres, elles sont restées ici pour nous défendre. Ce sont de vraies guerrières. J'espère que nous les reverrons, grinça-t-il les mâchoires serrées.

Soudain, la peur envahit le garçon. Toute cette folie était bien réelle ! Il venait d'être attaqué par une espèce de fantôme, sa grand-mère avait disparue dans un éclair, façon

Houdini, tandis que ses amies se battaient contre des gargouilles automates qui voulaient les tuer.

En passant devant la baie vitrée, il souleva un coin de store et eut un coup au cœur devant l'état de la maison de Dana. Le feu commençait à se propager à tout le rez-de-chaussée, les vitres soufflées laissaient sortir une épaisse fumée noire. Dans la rue, les voisins s'étaient attroupés et essayaient d'apercevoir ce qui se passait à l'intérieur, en attendant les pompiers dont la sirène retentissait déjà à quelques rues de là. Arthur espéra que les filles aient pu s'enfuir. Il n'eut pas le temps de s'interroger plus, Archibald sortait à présent du studio de création, un paquet calé avec soin sous son bras.

— On fait quoi maintenant ?

— Maintenant, my boy, on file à l'anglaise ! lui répondit Archie avec un clin d'œil. Mais avant toute chose je te présente… euh, mes excuses sincères...

— Pour quoi ? eut à peine le temps de demander Arthur, lorsqu'un nuage de poussière azurée, chargé de paillettes dorées lui chatouilla le nez et le fit éternuer.

— Pour ça… entendit-il avant de s'écrouler, inconscient, dans les bras d'Archibald qui le reçut doucement.

Puis le vieil homme tendit la main et un étrange scarabée vint s'y poser, frottant ses ailes luminescentes pour chasser tout résidu de la poudre qu'il venait de disperser. Archibald le déposa sur le pommeau de sa canne où il se figea, minuscule sculpture de pierre, tel un sphinx miniature, endormi pour l'éternité.

Haute Bretagne, ancien royaume celte
Année 45 avant notre ère

À présent, deux années s'étaient écoulées depuis l'incendie d'Alexandrie. Le souvenir de cette nuit fatale où sa vie avait basculé hantait encore Nausicaa. Elle revoyait les voiles des navires égyptiens se consumer comme de vulgaires papyrus, les flammes se refléter sur le métal des casques des envahisseurs. Elle entendait encore les soldats transformés en torches humaines hurler de douleur et se jeter dans les flots. Dans la panique, elle avait craint de ne pouvoir mener son plan à exécution, mais les nymphes avaient été rapides et concentrées. Des milliers de manuscrits chargés dans de simples caisses de bois, ou dissimulés dans des amphores, avaient quitté les entrepôts pour une cachette située aux portes du désert.

Exilées, Nausicaa et ses protégées s'étaient cachées une année entière dans ces terres arides de dunes salées, afin d'échapper aux Romains, avant de trouver refuge au sein d'une communauté nomade, les Ammoniens, qui faisaient commerce sur la route des caravanes entre l'Égypte et la Libye.

Lorsque le labyrinthe de Gortyne avait été scellé, Nausicaa avait non seulement dit adieu aux siens, restés en arrière, mais aussi fermé le seul passage qui existait dans cette partie du monde. Elle avait poursuivi sa mission d'abord en Grèce, puis dans diverses contrées avant de finir en Égypte. L'enseignement de la poésie et la diffusion de l'imaginaire justifiaient tous les sacrifices. Les envahisseurs romains ne lui laissaient plus le choix ; l'heure n'était plus aux divertissements ni aux créations de l'esprit.

Il lui fallait désormais rentrer chez elle. Son seul espoir résidait dans une bande de terre, baignée des brumes de l'océan, un sanctuaire qui résistait encore faiblement aux Romains depuis la chute de son dernier roi. Là-bas, se trouvait le dernier passage préservé vers son monde, une ultime porte de salut pour sa mission.

Le cœur lourd et impatient à la fois, elle avait rassemblé et guidé les nymphes pour un dernier périple. Au terme d'un périlleux voyage, le cortège chargé des précieux manuscrits avaient enfin rallié l'ancien royaume des Vénètes, au cœur de la Gaule.

Nausicaa contemplait à présent cette terre sacrée. Avalon, l'îlot caché aux yeux des mortels se dressait au cœur de la forêt sauvage recouverte de neige. Le froid piquant lui brûlait les yeux, tout son corps réclamait le repos tandis que ses doigts gourds peinaient à tenir les rênes de son cheval. Un rapide coup d'œil en arrière lui apprit que ses compagnes ressentaient la même extrême fatigue, mais sur tous les visages, l'espoir illuminait les regards.

Alors, Nausicaa descendit de sa monture, imitée par la centaine de nymphes qui la suivaient, soit à cheval, soit assises dans les chariots contenant les rouleaux de manuscrits de la bibliothèque d'Alexandrie, leur inestimable trésor. Sans contact avec leur peuple depuis plusieurs siècles, elles avaient cependant continué à former les poètes selon les leçons enseignées par les muses. Sous leur inspiration, les hommes avaient créé de nouvelles formes de récits dont elles avaient hâte de rendre compte à leur peuple. Mais avant toute chose, il leur fallait s'assurer que le passage restait actif, et malgré le soulagement d'être enfin arrivées à destination, l'angoisse dominait dans tous les esprits.

Nausicaa fit installer un camp de fortune en face d'Avalon. Elle n'osait pas encore franchir le mince ruban de terre qui reliait l'île au rivage. Toute la nuit, à la lueur des flambeaux, les nymphes, frigorifiées mais emplies d'espérance, charrièrent les malles et les amphores contenant les textes anciens. Bientôt une immense pyramide de rouleaux s'éleva au milieu du camp. Leur travail accompli, les nymphes s'accordèrent un peu de repos, veillant à tour de rôle sur cette étrange bibliothèque à ciel ouvert.

Nausicaa, quant à elle, demeurait à l'écart, immobile, telle une statue face à l'île d'Avalon. Dans ses yeux toute la puissance de son passé revenait. Quiconque l'aurait approché de plus près aurait pu entendre une étrange complainte sourdre de ses lèvres à peine entrouvertes, tel un souffle glacé. Les sons elfiques demeurés en sommeil depuis si longtemps au tréfonds de son être jaillissaient à présent, libres et joyeux, virevoltant dans l'air givré, vers les rives d'Avalon. Des heures durant, Nausicaa resta là, sans bouger, répétant inlassablement les mêmes notes, les mêmes suppliques.

Au plus profond de la nuit, alors que la forêt s'était endormie, rejoignant les nymphes dans leur repos, l'air se mit à vibrer. Une forme blanche se matérialisa peu à peu sur l'île, enveloppée d'éclairs de lumière intense. D'instinct, toutes les nymphes se réveillèrent et s'agenouillèrent tandis que l'auguste apparition se précisait en flottant vers elles.

— Nausicaa, ma chère sœur, est-ce bien toi ? s'enquit la femme en tendant les bras. Tu es donc revenue ? Viens, approche-toi mon aimée, que je te voie mieux.

Incapable de parler, submergée de souvenirs et d'émotions, Nausicaa entra alors en Avalon et mit genou à terre devant sa Reine.

— Je ne croyais plus cet instant possible, murmura celle-ci. Relève-toi ma sœur, que ce jour soit un jour d'allégresse ! Célébrons nos retrouvailles !

Puis elle caressa le visage de Nausicaa et la serra contre son cœur, sensible à sa silencieuse inquiétude. Une lueur étrange durcit un instant son regard.

— Nous reviendrons, Nausicaa, ce n'est pas la fin.

Nous trouverons un autre moyen, leur monde aura toujours besoin de nous. L'heure viendra, ne t'en soucie pas.

Puis retrouvant son sourire, elle tapa vivement dans ses mains.

— Dansons maintenant !

Aussitôt toute l'île se mit à frémir, à trépider comme un cœur empli de joie. De tous côtés surgit la cour royale : des elfes lumineux juchés sur des licornes bleutées, des fées minuscules par milliers, tels des essaims d'abeilles, des lutins malins et de charmants chérubins envahirent les rives de l'île le temps d'une ronde endiablée qui célébra la joie de leur Reine de retrouver sa chère amie. Puis, aussi soudainement qu'elle avait commencé, la ronde s'arrêta. Toutes les créatures disparurent, tel un songe d'une nuit d'été dissipé par le jour.

Titania, retrouvant sa superbe naturelle, desserra alors son étreinte autour de Nausicaa. Elle avisa la pyramide de manuscrits et son regard se fit incisif.

Nausicaa entreprit de raconter à Titania tout ce que ses nymphes avaient accompli au fil des siècles et l'importance du présent qu'elles venaient lui offrir. Leur mission avait remporté le succès escompté par le roi Obéron, bien au-delà de leurs rêves. L'imaginaire circulait désormais parmi les mortels, comme la sève dans l'arbre.

Obéissant à un geste gracieux de la Reine, une brise légère souleva un à un les fragiles rouleaux pour les déposer sur l'île d'Avalon. Titania invita ensuite toutes les nymphes à la rejoindre au centre de l'îlot.

— Désormais, ces textes seront protégés sur notre île sacrée. Nous ne pouvons les emporter avec nous, ce qui est produit par l'homme ne doit pas entrer dans notre monde, mais vos sacrifices seront honorés comme il se doit, déclara Titania.

Se tournant vers Nausicaa, elle ajouta tristement :

— Une des tiennes doit rester ici pour s'assurer que nul ne vienne s'emparer de ces manuscrits.

Aussitôt, une jeune femme à la peau très blanche et aux longs cheveux blonds s'avança.

— Je suis volontaire pour rester dans ce monde, Ô ma Reine, si vous daignez accepter l'offre de votre servante.

Titania se tourna vers la nymphe, si pâle dans la lueur de la lune qu'elle ressemblait à un fantôme errant sur la lande.

— Comment te nomme-t-on, ma courageuse enfant ?

— Vivian, répondit celle-ci en baissant le regard devant sa souveraine.

— Qu'il en soit ainsi ! Tu seras Vivian le jour, tu vivras parmi les hommes et empêcheras quiconque de pénétrer sur cette terre sacrée, qui sera désormais ton domaine, par ma décision royale et mon immense gratitude. Tes charmes t'aliéneront les intrépides qui oseraient franchir les limites de cette forêt, et nul être ne pourra te résister. Mais la nuit, tu seras Morgan, aussi noire que tu es aujourd'hui clarté. Tes cheveux seront d'ébène et les ténèbres seront tes alliées. Tu veilleras dans les ondes et chaque nuit tu protégeras ces précieux trésors dont tu es maintenant la gardienne. Relève-toi ma fille, reprit plus doucement Titania, il est temps de nous dire adieu.

Puis échangeant un dernier regard chargé de fierté et de tristesse avec Nausicaa, Vivian quitta l'îlot où se tenaient ses sœurs et ses compagnes de toujours. Elle se tenait désormais sur la rive opposée, seule.

Alors, Titania se pencha au-dessus de l'eau et puisa quelques gouttes dans ses mains en coupe. Lentement, elle se tourna vers l'amoncellement de manuscrits. Une à une, les perles d'eau s'envolèrent de ses mains pour venir tisser une dentelle de glace autour des parchemins. Bientôt s'éleva une voûte majestueuse, formée de mille cristaux qui accrochaient les rayons de lune. Satisfaite, Titania leva les bras et l'amulette autour de son cou, semblable à une opale laiteuse, se mit à absorber toute la lumière de l'astre nocturne, libérant des éclairs de couleurs qui partirent dans les airs, tels des cris de fureur. Les eaux autour de l'île se mirent à bouillonner, à rugir violemment ; les vagues se jetèrent à l'assaut de la bande de terre tandis que celle-ci commençait à s'enfoncer. Titania et Nausicaa disparurent aux yeux de Vivian, suivies des nymphes, tandis que désormais protégés sous leur palais de glace, les manuscrits sombraient au fond des flots.

Bientôt, de l'île d'Avalon, il ne resta plus qu'une immense et calme étendue d'eau, un lac majestueux reflétant le ciel clouté d'étoiles. Laissant glisser sa robe à ses pieds, Morgan s'avança nue dans les eaux et plongea, sa queue de sirène fendant vigoureusement les vagues.

9

Deuxième étoile à droite et tout droit jusqu'au matin !

James Barrie (Peter Pan)

Furieuses, les vagues se fracassaient contre la paroi de verre de l'hydro-speed qui filait à toute allure sur la Tamise, laissant derrière lui un sillage d'écume vite avalé par les eaux noires. La gigantesque embarcation aux allures de yacht de luxe, naviguait tous feux éteints vers les côtes françaises, guidée par de puissants radars dont la lueur verdâtre baignait la cabine centrale.

De temps en temps, Arthur relevait la tête, ouvrait des yeux encore embrumés, puis sombrait à nouveau dans son sommeil artificiel provoqué par un puissant somnifère. À chaque tentative pour se réveiller, il lui semblait apercevoir Archibald près de lui, qui l'enveloppait d'une couverture ou le stabilisait sur sa couchette. Plusieurs silhouettes parurent un instant s'agiter frénétiquement dans l'habitacle, si près du garçon que la voix d'Archibald s'éleva, sermonnant quiconque s'approchait trop de lui, au risque de le réveiller. Dans ses accès de conscience, Arthur se débattait, voulait se souvenir de quelque chose, mais son esprit trop confus repartait ailleurs, dérivant au rythme de la houle.

Soudain, l'adolescent sursauta violemment sur sa couche. Il ne bougeait plus. Le balancement des vagues avait cédé la place à un sentiment oppressant d'immobilité. Cette fois-ci parfaitement réveillé, il ouvrit les yeux pour de bon sur le décor familier du jet d'Archibald.

— Welcome back, my boy ! lui lança celui-ci, tout sourire.

Arthur esquissa un mouvement pour se relever mais gémit aussitôt. Sa tête lui semblait enflée comme une citrouille et sa langue, collée à son palais, paraissait vouloir l'étouffer. Il se fit violence et parvint à se traîner à l'avant de la cabine où il s'écroula dans un profond fauteuil en cuir.

Contre toute attente, il ne demanda rien au vieil homme et se contenta de le fixer d'un air accusateur.

— Je prendrais bien un peu de thé, si possible, parvint-il à articuler, tout en continuant de toiser Archibald.

L'Anglais fit tinter une petite cloche et Lizzie apparut, une tasse de thé fumant à la main, comme si tout était normal, comme s'ils ne venaient pas de la laisser dans une maison en flammes au centre de Londres, comme s'il n'était qu'un passager d'une croisière de luxe, tranquillement installé dans un jet privé… C'en fut trop pour le garçon qui sentit ses nerfs lâcher. Il se leva d'un bond et courut dans les bras de la jeune femme qui le reçut maladroitement, puis revenue de sa surprise, le serra tendrement.

— It's ok, ok, répéta-t-elle en lui caressant les cheveux, sssht, tout va bien aller maintenant.

Arthur se reprit, un peu gêné et releva la tête. Archibald s'était replongé dans son journal, et feignait de n'avoir rien vu. Le garçon accepta avec reconnaissance la tasse de thé et sourit maladroitement à Lizzie qui rejoignit le cockpit. Puis il se rassit en face de l'Anglais, but une gorgée et sans crier gare, fut secoué d'un spasme qui lui tordit l'estomac. Il eut à peine le temps de tourner la tête qu'il vomit aux pieds d'Archibald.

— Well, la dose a peut-être été un peu excessive… soupira celui-ci en posant son journal sur la table, mais je savais que tu serais assez fort pour supporter tout cela. Je te réitère mes excuses my boy, je n'avais pas d'autre choix que te plonger dans l'inconscience.

Le regard noir d'Arthur le fit vaciller un quart de

seconde, mais il se reprit. Discrètement, il changea de fauteuil, s'éloignant le plus possible du désastre souillant la luxueuse moquette.

— Egregor est un ennemi très dangereux. Il se nourrit des sentiments humains les plus négatifs, et dans l'état dans lequel tu te trouvais, ta peur et ta colère ont été une véritable aubaine pour lui. Elles lui ont permis de prendre possession de toi. Maintenant qu'il te connaît, il ne te lâchera pas ; il t'aurait pisté en se gorgeant de ta douleur. Nous ne pouvions pas prendre ce risque, il fallait t'endormir. C'est pourquoi j'ai dû t'administrer un somnifère. Mais passons, crois-moi cela fut aussi désagréable pour toi que pour moi.

— Vous m'avez drogué !

— Endormi serait plus exact, et uniquement pour ton bien, je te le garantis.

Secouant la tête, incapable de croire ce qu'il entendait, Arthur essayait de faire le point sur la situation mais son cerveau encore confus semblait près d'éclater. Les souvenirs affluaient : l'apparition dans le salon de Dana, les boules de feu, la bataille, le souterrain et puis maintenant la fuite, vers où ? Et qui était cet Egregor dont Archibald parlait avec tant de crainte et de rage dans la voix ?

— Repose toi encore un peu, ajouta celui-ci, je vais tout te raconter. Nous n'allons pas tarder à arriver au château, encore un peu de patience.

Renonçant à discuter avec le vieil homme qui ne lui racontait de toute façon que ce qu'il voulait bien, Arthur changea de place à son tour, tournant le dos à Archibald. Il ferma les yeux un moment pour atténuer la nausée et le mal de tête qui tambourinait à ses tempes.

Un somnifère, tu parles ! Il a dû utiliser une dose pour éléphant, ce vieux fou…

Réconforté par le thé qui commençait à réchauffer son corps engourdi, le garçon se laissa aller à une douce torpeur quand une pensée le fit se lever d'un bond et foncer vers l'arrière de l'appareil, sous le regard étonné d'Archibald.

— Si c'est ton sac que tu cherches, il est là, lança le vieil homme en désignant le box de rangement au-dessus des sièges.

Sans daigner répondre, Arthur revint sur ses pas et ouvrit la soute. Il s'empara de son précieux sac à dos pour en vérifier le contenu. Aussitôt, il lui échappa des mains et vint rouler dans la travée centrale de l'avion, rebondissant de siège en siège, se cognant dans les accoudoirs en produisant des petits cris indignés et effrayés.

— Hum… commença Archibald, tu devrais l'attraper avant qu'il ne se fasse mal !

Puis voyant qu'Arthur ne réagissait pas, trop stupéfait pour bouger, il se leva en soupirant et réceptionna le sac à dos devenu fou avant qu'il n'aille à nouveau rebondir contre un hublot. D'un geste rapide il en extirpa une boule de poils crachant et sifflant et entreprit de calmer le familier en lui parlant doucement.

— Là, tout doux… On dirait bien que nous avons un passager clandestin, my boy !

Pillwiggyn avisa Arthur et sauta des bras d'Archibald pour se lover aux pieds du garçon, le regard rempli d'adoration.

— Mais qu'est-ce que tu fais là, toi ? Manquait plus que ça !

— Mrrowll ? gémit le petit animal en reculant, son petit visage tout plissé de déception.

— Il t'a choisi, Arthur, tu es son maître à présent. Il a dû se cacher dans ton sac après ton… évanouissement.

— Son maître ? Mais je ne veux être le maître de personne moi ! Je veux sortir de ce cauchemar, je veux rentrer chez moi, dans un monde normal, sans fantômes qui crachent du feu et sans lutins poilus, sans gargouilles, sans… tout ça ! conclut le garçon à bout d'arguments, tremblant de tous ses membres, au bord de la crise de nerfs.

Les yeux plein de larmes, Pillwiggyn s'était réfugié sous le fauteuil d'Archibald qui le caressait distraitement du bout des doigts. D'une voix anormalement cassante, le vieil homme ordonna à Arthur de s'asseoir en face de lui.

— J'ai bien peur que ce ne soit plus possible, my boy. Ce monde « normal » dont tu parles, et bien, tu n'en fais pas partie. Tout ce que tu as connu jusqu'à présent était une illusion, savamment orchestrée par ta maman, pour te protéger… mais cela ne suffit plus. Tu vas devoir grandir vite, plus vite que je ne l'aurais voulu. J'ai tout fait pour t'épargner, j'ai supplié Dana de te parler elle-même, mais je n'ai plus le choix.

Plongeant son regard dans celui d'Arthur, il continua :

— Il ne te reste plus que moi, cher enfant, et je me fais vieux. Mais je te connais, je sais que tu tiendras le choc et que tu seras digne de ta lignée. Dana me tuerait sûrement si elle savait. Mais fais-moi confiance, tu comprendras bientôt.

Puis se rapprochant d'Arthur médusé, Archibald se permit un geste qui, plus que ses paroles mystérieuses, acheva de le déstabiliser. Il prit le visage de l'adolescent entre ses mains ridées, et se levant de son fauteuil, déposa un baiser sur le sommet de son crâne. Sans rien ajouter il quitta la cabine, laissant Arthur en proie à la plus vive des stupéfactions.

De nuit, la piste se distinguait à peine dans le fouillis d'arbres qui semblaient pousser dans le plus grand désordre. Pourtant, le jet se posa sans encombre dans une clairière, guidé par des lumières qui surgirent des cimes pour disparaître aussitôt. La forêt se referma sur l'appareil devenu invisible, tous feux éteints.

Encore sous le choc du discours d'Archibald, nauséeux et craignant de bouger, Arthur s'attendait au pire, écoutant la nuit, cherchant à distinguer par le hublot le lieu où ils se trouvaient. Il n'avait pas vraiment prêté attention aux paysages qu'ils avaient survolés pendant la nuit, mais il savait qu'ils étaient revenus en France. Il se blottit sur son siège, dans l'attente d'un autre truc dément, mais lorsque la porte s'ouvrit de l'extérieur et qu'un visage souriant apparut, il en fut si soulagé et si heureux qu'il sauta d'un bond hors de son fauteuil et courut se jeter dans les bras de Calliopé.

— C'est toi ! C'est bien toi ? bredouilla-t-il à la jeune femme qui riait. J'ai cru que tu étais morte !

Derrière elle, portant des flambeaux apparurent une à une toutes celles qu'il pensait ne plus revoir après l'attaque dans le salon de sa grand-mère. Sortant de l'ombre, enveloppées de la lueur scintillante des torches, il reconnut Clio, Poly, Mel puis enfin Lizzie qui sortait du cockpit, et encore d'autres jeunes femmes qui travaillaient à Neverland et qui bientôt l'encadrèrent en lui souhaitant la bienvenue. Mais d'Archibald, nulle trace, il s'était comme évaporé depuis que l'avion avait atterri, laissant le garçon à ses sombres et angoissantes pensées.

— Mais comment vous avez fait pour arriver avant nous ?

— Disons que ton voyage a été plus long que tu ne crois, sourit Calliopé. Archibald et toi vous êtes partis de Londres en hydro-speed juste après l'attaque ce matin, puis vous êtes restés cachés en Normandie le temps que nous arrivions ici pour assurer vos arrières. Lizzie est aussitôt repartie vous récupérer en jet. Tu as dû rester inconscient une bonne partie de la journée.

— Incroyable ! Merci Archibald… !

— Ne lui en veux pas, il ne pouvait prendre le risque d'une nouvelle crise de colère qui t'aurait fait repérer d'Egregor. Allez viens !

Trop content de retrouver ses amies, Arthur se laissa guider à travers le bois jusqu'à ce qu'il distingue au loin un perron éclairé. Devant lui se dressait un château tel qu'il n'en avait vu que dans les livres d'Histoire. Un pont levis baissé, flanqué de deux tours crénelées encadrait une entrée de pierres grises au-delà de laquelle il apercevait une cour et deux corps de bâtiments. Il y avait même des douves remplies d'eau stagnante et de nénuphars.

— Bienvenue au château de Komper, Arthur, lui dit Calliopé. Tu es ici chez toi. Tu dois être encore fatigué, mais avant de te conduire à ta chambre, je voudrais te montrer quelque chose.

La jeune femme le conduisit à l'intérieur de la maison, où régnait une douce chaleur. Là, près du feu de cheminée, dans un immense salon qui aurait pu accueillir l'appartement entier de sa mère à Nantes, reposait un lit recouvert d'un couvercle de verre. Aussitôt, Arthur se précipita et tomba à genoux face à Lily. Les vannes s'ouvrirent et ses émotions l'envahirent. Il resta longtemps, le front contre le compartiment de verre, regardant sa mère toujours endormie, les yeux clos sur un ailleurs inaccessible.

Il sombra peu à peu dans un sommeil profond et ne sentit pas qu'on le portait délicatement dans une chambre, qu'on le bordait et veillait sur lui jusqu'à ce que son repos fût paisible et sans rêve. Alors seulement lorsqu'il se fut assuré que tout irait bien, Archibald sortit de la pièce et referma doucement la porte derrière lui.

10

Naître, c'est faire naufrage sur une île

J.M Barrie

Brocéliande bruissait de mille murmures. Le vent de l'aube charriait dans son sillage les senteurs de l'océan, réveillant les feuilles des arbres millénaires, qui outragées, glissaient de leur perchoir en virevoltant, avant de retomber sur le tapis mousseux du chemin. Qui aurait tendu l'oreille aurait pu entendre les anciennes légendes que le vent colportait, dans cette partie du monde oubliée des hommes. Mais aujourd'hui, quelque chose dans l'air semblait différent. Le moindre brin d'herbe, de la plus insignifiante des fleurs sauvages aux vieux chênes vénérables, le plus petit des habitants des sous-bois, de la fourmi à l'écureuil, tous ressentaient le changement au plus profond de leur être. Tous attendaient.

Au fond du lac dont la surface irisée était à peine troublée par la brise qui retenait son souffle, comme si survoler ces eaux eut été sacrilège, un éclat de soleil levant accrocha une perle de glace. Bientôt les ondes furent parcourues de reflets argentés remontant des profondeurs, irradiant tels des milliers de feux follets. Alors, elle sortit de l'eau et revêtit le peignoir en soie que l'homme lui présentait, le regard pudiquement détourné vers l'autre rive.

— Bonjour Archibald, lança-t-elle d'une voix cristalline, en secouant sa crinière de cheveux blonds aux premiers rayons de soleil. Ainsi, il est arrivé ?

— Bonjour à toi, chère Vivian. Nous sommes arrivés dans la nuit. Je ne pensais pas venir si tôt, mais beaucoup de choses se sont passées depuis la dernière fois que nous nous sommes vus, toi et moi. Je me vois forcé de te demander ton hospitalité, une fois de plus.

— Nul besoin, le coupa-t-elle en levant la main, tu sais bien que tout ici t'appartient autant qu'à moi… Mais, dis-moi, lança-t-elle vivement, les yeux brillants d'excitation, mes sœurs sont donc ici ?

Et avant que le vieil homme n'ait pu répondre, Vivian s'était déjà élancée en courant vers le château, ne pensant plus qu'à retrouver ses semblables. Archibald sourit pour lui-même, puis son regard pensif perdu au-delà du lac, il murmura tout bas :

— Cette fois-ci, nous y sommes, Titania, les choses doivent et seront dites, je n'ai plus le choix. Puisses-tu me pardonner, où que tu sois.

S'appuyant sur sa canne, il entreprit alors de suivre Vivian, plus déterminé que jamais.

Au château, les retrouvailles de Vivian et de ses sœurs allaient bon train. Elle voulait tout savoir de Londres, des mille détails de la vie des hommes, de leur travail à Neverland. Elle passait des unes aux autres, les serrant contre son cœur, les complimentant sur leur mise. Lizzie essayait tant bien que mal de canaliser l'énergie de sa cadette, tout en lançant des regards inquiets vers Calliopé qui se tenait à l'écart du groupe. Cette réunion pour le moins bruyante risquait de réveiller Arthur, mais l'arrivée d'Archibald mit fin à ses inquiétudes. D'un geste autoritaire, il interrompit les effusions et se posta devant Vivian qui leva son fin et doux visage vers lui, l'air interrogateur. Malgré le poids des années qui commençait à ployer sa silhouette, jamais Archibald n'avait semblé si impressionnant. Il se tenait à présent bien droit, les mains en appui sur le pommeau de sa canne qu'il dévissa d'un geste pour en retirer une once de poussière dorée et vaporeuse.

Vivian blêmit et porta la main à sa bouche pour étouffer un cri.

— Je vais avoir besoin d'un passage, pour Arthur et moi, dit-il en déposant la précieuse et si rare substance au creux de la main de Vivian. Cela doit être fait. Maintenant.

— Mais… commença Vivian, je peux l'emmener…

— Non, il n'est pas préparé. Il ne résistera pas à tes baisers, ce n'est qu'un enfant.

Vivian baissa les yeux au souvenir d'un autre baiser, il y avait déjà si longtemps.

Chassant lui aussi ce souvenir, Archibald reprit d'une voix sourde.

— Titania a disparu, nous ne savons pas où elle est allée. Comme nous tous j'espère qu'elle a rejoint son monde, mais nous sommes toujours sans nouvelles. Pire encore, Egregor a retrouvé notre trace. Je laisse Calliopé te raconter les récents événements, je vais aller réveiller Arthur, puis nous vous rejoindrons sur la rive.

Serrant quelques secondes la main de Vivian entre les siennes, il lui jeta un regard si rempli d'amour et de solitude, d'angoisse et de désarroi, qu'immédiatement celle-ci fit taire les milliers de questions qui lui brûlaient les lèvres. Il put lire dans ses yeux qu'il pouvait compter sur elle. Puis il tourna les talons et monta l'escalier d'un pas résigné, sa canne frappant chaque marche devant lui.

Les yeux encore lourds de sommeil, Arthur n'appréciait pas du tout de se retrouver dehors en cette heure si matinale. Archibald ne lui avait même pas laissé le temps de prendre un petit déjeuner décent, à peine avait-il pu attraper un croissant au vol dans la cuisine. Sa veste à moitié enfilée, les oreilles rougies par le froid automnal, il peinait à suivre les grandes enjambées de son ami. Mais quelle mouche l'avait piqué aujourd'hui ? Son ordre de le rejoindre au bord du lac était on ne peut plus clair et cassant, et si Calliopé ne lui avait pas conseillé d'obéir sans discuter, il aurait bien eu envie de dire à cet Anglais prétentieux le fond de sa pensée.

Depuis plus d'une semaine, il se voyait trimballer d'un endroit à un autre, sans explication, tandis que tout le monde prenait des airs mystérieux à son approche et le traitait comme un gamin. Si ce n'était la présence de sa mère dans cette étrange forteresse, qui le réconfortait, et prouvait qu'Archibald tenait parole, il leur aurait bien faussé compagnie, à toute cette bande de fous furieux. Plantant les poings dans les poches de sa veste, il sentit ses doigts s'enfoncer dans une fourrure chaude et une petite langue lui lécher la main droite.

— Oh non, t'es encore là toi ? dit-il, plus amusé que fâché en sortant Pillwiggyn de sa cachette. Allez, viens mon vieux, grimpe plutôt sur mon épaule.

Le familier s'enroula autour du cou d'Arthur, en ronronnant de plaisir, humant l'air frais de la forêt dont les riches parfums ravissaient son odorat de félin. Arthur ainsi réconforté par la douce chaleur du petit être, se sentit un peu mieux et sa bonne humeur reprit le dessus. Archibald se tenait face au lac à présent, tournant le dos à Arthur qui décida de l'observer avant de s'annoncer.

Le vieil homme le mettait mal à l'aise, il n'arrivait pas à le cerner. Parfois il lui semblait proche, mais juste au moment où il allait se confier à lui, il se dérobait et redevenait distant et froid. Pourtant, Arthur le savait, il avait dû connaître et aimer Lily dans sa vie d'avant, cette vie dont le garçon commençait à percevoir les contours mystérieux et inquiétants. Cette vie dont ni lui, ni son père, ne faisaient encore partie, et qui devait concerner un secret si important qu'aujourd'hui sa mère était plongée dans le coma, au fond d'un château imprenable, entourée de personnages incroyables. Le monde tel que le garçon le connaissait avait bel et bien cessé d'exister. Avant même de s'en rendre compte, il avait basculé dans l'irrationnel, et d'une certaine manière, il devait bien s'avouer qu'il en était excité, comme s'il avait attendu cela toute sa vie, comme si soudain il se sentait exister et à sa place. Frissonnant à cette idée, il toussota pour attirer l'attention d'Archibald.

Celui-ci parut sortir d'un profond rêve, et le regard encore voilé, considéra longuement le garçon, d'un air si triste que celui-ci finit par prendre peur.

— Archie ? Ça va ?

— Well, yes, my boy. Je te prie d'excuser les rêveries d'un vieil imbécile… bien des choses se sont passées ici, sur ces terres, bien des destins ont été scellés… je n'étais pas revenu depuis longtemps. À vrai dire, je ne pensais pas le faire un jour, et encore moins dans ces circonstances ! J'espère vraiment avoir pris la bonne décision.

Archibald se tut de nouveau, comme s'il cherchait comment présenter les choses à l'adolescent. Seuls les clapotis de l'eau à leurs pieds brisaient le silence tendu. Arthur était au supplice. Puis finalement, son vieil ami se décida. D'un geste sec il planta sa canne dans l'herbe mouillée et se tourna vers lui.

— Lorsque ta grand-mère m'a emmené ici pour la première fois, mes parents venaient de disparaître et je me retrouvais seul au monde, alors Dana m'a prise sous son aile, si j'ose dire… Je n'étais qu'un jeune héritier, fougueux, rebelle et sans aucune limite, ni morale ni financière. La mort prématurée de mes parents m'avait laissé à la tête de la fortune de ma mère, une lady du clan Mc Leah qui avait épousé un sans le sou, un amoureux des livres. C'est précisément cet amour des livres qui est à l'origine de tout, et qui a changé ma vie à tout jamais. Et ce que je m'apprête à te révéler va changer la tienne également, my boy, c'est pour cela que je te demande pardon. Je connais le prix que j'ai eu à payer et j'espère de toute mon âme que ce sera différent pour toi.

Devant l'air perplexe du garçon, Archibald réussit à sourire.

— Non, en fait je suis sûr que ce sera différent. Tu es débrouillard et l'époque a changé. Excuse les divagations d'un vieil homme, mon temps a passé je le crains… Well, et bien pour en revenir à Peter Pan, que penserais-tu si je te disais que ce bon vieux James Barrie n'a rien inventé ? Qu'il a tout au plus amélioré l'histoire, comme un bon romancier, mais qu'il a puisé sa matière ailleurs ? Qu'il n'a fait que relater la vie d'autres personnages…

— Vous voulez dire que Peter Pan existe ?

— Oui, en quelque sorte…

— N'importe quoi !

— Hum, je m'en doutais. J'ai dit sensiblement la même chose à ta grand-mère, il y a de cela des décennies. Elle a fait alors exactement ce que je m'apprête à faire pour te convaincre, quoique sa manière à elle fut plus théâtrale… mais je ne suis qu'un simple mortel, je fais avec les moyens du bord.

Sur ces paroles énigmatiques, Archibald se retourna et fit un signe en direction de la forêt. Aussitôt Vivian s'avança, suivie de Calliopé et de toutes les jeunes femmes qui étaient présentes au château. Elles formaient une étrange procession, Vivian en tête, l'air triste mais décidé. Calliopé vint se poster aux côtés d'Arthur et posa une main réconfortante sur son épaule.

Vivian s'arrêta devant Archibald et ouvrit la main. La poudre qu'il lui avait donnée brillait au creux de sa paume. Elle guetta l'ordre muet dans les yeux de son compère de toujours et sut qu'il ne reculerait pas. Alors, elle s'approcha du rivage et se mit à chanter doucement d'une voix incertaine, comme si la mélopée échappait à sa mémoire. Peu à peu, la surface du lac se troubla. Vivian chanta plus fort, plus vite ; les notes viraient à l'aigu le plus extrême et Arthur dut se boucher les oreilles lorsque les sons franchirent la limite du supportable pour ses tympans. Pillwiggyn se cacha la tête sous sa veste. À présent, de véritables vagues secouaient toute l'étendue d'eau. De là où il se tenait, Arthur comprit qu'ils allaient bientôt être trempés par le ressac, mais personne ne semblait désireux de bouger. Calliopé intensifia sa pression sur l'épaule du garçon et lui sourit pour le rassurer.

Soudain Vivian cessa de psalmodier et tendit les mains vers le lac, paumes ouvertes. Le vent qui soulevait les flots vint caresser la poudre dorée et l'étreindre avidement, comme une amie perdue de vue depuis trop longtemps. Les paillettes irisées se soulevèrent une à une, minuscules particules d'arc en ciel, pour s'envoler jusqu'à former une spirale qui s'étira paresseusement dans le ciel. Aussi soudainement qu'elles s'étaient déchaînées, les vagues s'apaisèrent d'un coup, pour laisser place à une nappe sereine et sans le moindre clapotis, un miroir d'eau qui reflétait le panache doré en suspension au-dessus du lac. Arthur contemplait cette mer d'huile, incrédule. Il lui sembla même que le niveau de l'eau baissait, comme si quelqu'un venait de retirer le bouchon d'une baignoire.

— Mais qu'est-ce qui…

Calliopé le fit taire d'un regard impérieux. Autour d'eux, chacune retenait son souffle. L'instant était solennel. Archibald quant à lui ne bougeait pas, l'air plus impénétrable que jamais.

Tout à coup, Arthur perçut un changement à la surface du lac, comme si le miroir liquide se fissurait en son milieu; l'eau paraissait se replier sur elle-même. Au même instant, la spirale de paillettes se mit à tournoyer telle une tornade, de plus en plus vite, au-dessus du vide créé par le mouvement des eaux et avant qu'Arthur eut pu comprendre ce qui se passait, la traînée de poudre s'engouffra dans la faille et disparut en fendant les eaux en deux, aussi nettement qu'un sabre tranchant un fil. Devant le garçon ahuri s'ouvrait désormais un passage au milieu du lac. Il pouvait apercevoir clairement une bande de sable englué d'algues brunes, tel un chemin se perdant dans les profondeurs liquides. De chaque côté un mur d'eau se dressait, compact comme de la glace.

— Alors là, j'hallucine…

— Il n'y a que deux façons d'accéder au fond du lac, l'informa Archibald, rompant le silence pesant. L'une est d'être convié par un baiser de Vivian… ou plutôt Morgan, mais je le déconseille à un enfant, le voyage est un peu perturbant. L'autre est de répandre de la poudre de fée à sa surface, à condition de connaître la formule, bien sûr !

L'espace d'un instant Archibald sembla s'amuser de sa propre réflexion, puis devant l'air de totale stupéfaction d'Arthur, il reprit ses esprits.

— Tout au fond de ce passage se trouve un endroit unique au monde, un sanctuaire qui abrite un trésor inestimable. Mais pour que tu comprennes bien de quoi il s'agit, le mieux est encore d'aller voir. Allez, my boy !

— Quoi ? Si vous vous figurez que je vais entrer là-dedans, vous êtes encore plus fou que je ne le croyais !

Apeuré par le ton du garçon, Pillwiggyn qui avait sorti un museau curieux, resserra son étreinte autour de son cou en roulant de gros yeux surpris vers Archibald. Aussitôt Calliopé s'interposa.

— Je vais venir avec vous. N'aie pas peur Arthur, tu ne crains vraiment rien. Nous allons tout t'expliquer, encore un peu de patience tu veux bien ?

Elle prit l'adolescent hésitant par la main et l'entraîna vers le passage. Le vieil homme suivit, penaud. Au fur et à mesure qu'ils avançaient, les murs d'eau de chaque côté d'eux devenaient plus hauts jusqu'à finir par se rejoindre au-dessus de leurs têtes. Désormais ils cheminaient dans un véritable tunnel de glace. À y regarder de plus près, Arthur s'aperçut que l'eau n'était pas figée. Ce n'était pas à proprement parler de la glace qui constituait ces étranges parois, mais bien de l'eau en mouvement, semblable à une matière vivante, malléable. Les flots suivaient une volonté invisible et se pliaient à elle, guidant les visiteurs en leur cœur. Arthur posa un instant sa main sur la surface froide qui se creusa sous la pression, comme de la gelée de fruits, puis reprit forme aussitôt.

Il pouvait admirer au travers de cet étrange écran la vie aquatique poursuivre son cours, à peine troublée par leur présence. Les fonds parsemés d'algues abritaient des poissons qui fuyaient devant eux, quelques restes de bouts de bois, des coquillages. Le garçon était si fasciné qu'il en oubliait sa peur ; il ne savait pas à quoi s'attendre, que pouvait-il bien se trouver au fond d'un lac ? Et quel rapport avec lui ? Il avait encaissé les farfadets et autres bizarreries d'Archie, mais ce truc-là, ça dépassait tout !

Il lui semblait avoir marché une bonne dizaine de minutes lorsqu'ils débouchèrent sur une porte. L'incongruité de la chose le fit presque rire, mais comme le reste du tunnel liquide, la porte se replia sur elle-même, ouvrant sur une vue qui coupa le souffle au garçon.

Un dôme gigantesque les surplombait. Ils se trouvaient au centre d'une salle aux dimensions impressionnantes, dont les murs de glace sculptée renvoyaient une lueur phosphorescente, comme pulsée de l'intérieur. Aussi haut que se perdait le regard, des milliers de gouttelettes cristallisées composaient des arabesques élégantes, soulignant la délicatesse de balcons de givre et de fenêtres en ogives donnant sur les profondeurs des ondes. Au sol, le lit de sable avait laissé la place à de moelleux tapis tissés, dont les motifs jouaient à s'entrelacer, créant des vagues de couleurs d'une richesse infinie. Une douce chaleur régnait, malgré la démesure de l'espace.

— Bienvenue au Palais de Cristal, murmura Archibald, le lieu le plus mystérieux et le plus magique de cette terre…

— Mais qu'est-ce que c'est ? Où sommes-nous ? C'est dingue ! Comment c'est possible ??

Les questions se précipitaient aux lèvres d'Arthur. Le garçon allait d'un point à l'autre de la pièce, palpant avec une crainte respectueuse les murs d'eau gelée et pourtant mouvante, son esprit cherchant à appréhender l'inexplicable. Pillwiggyn avait sauté de son cou et courrait dans la salle, visiblement ravi, jouant avec les reflets de lumière sur les murs.

Calliopé les regardait en souriant, se remémorant sa

propre stupéfaction, il y avait si longtemps, face à ce palais spectaculaire créé pour abriter le plus beau des trésors. Lorsqu'elle jugea qu'Arthur se calmait un peu, elle frappa dans ses mains et aussitôt deux colonnades de glace surmontées de sirènes sculptées se mirent en mouvement, s'étirant et se contorsionnant, laissant apparaître une ouverture sur une autre pièce.

Sur un signe de tête de Calliopé, Arthur s'engagea dans le passage et ce qu'il découvrit le stupéfia au-delà de l'imaginable. De toutes parts, des rangées composées de milliers de manuscrits et de livres reliés tapissaient les murs qui se perdaient sous les voûtes d'une coupole en glace, d'où retombait une lueur laiteuse. Au centre de la pièce, de profonds canapés de velours invitaient au repos, autour d'un bureau en bois précieux, sur lequel reposaient des cadres dorés, ainsi que d'autres livres, plus proches de grimoires magiques tels qu'on en voit dans les contes, avec leur décoration chargée de pierreries.

Comme s'il était lui-même impressionné par l'immense bibliothèque, Archibald avait le visage grave ; il s'assit sur un des canapés et fit signe au garçon de prendre place en face de lui. Calliopé fit de même et attendit que le vieil homme prenne la parole.

— Je n'aurais jamais pensé revenir en ces lieux… commença celui-ci. Tu dois te poser bien des questions, my boy, je vais donc essayer d'y répondre au mieux, mais avant je vais t'expliquer comment j'ai moi-même découvert cet endroit.

Perdu dans ses pensées, Archibald soupira, secouant la tête comme pour chasser des souvenirs douloureux et chercher ses mots. Il sembla à Arthur qu'il n'était plus qu'un vieil homme bien fatigué.

— Lorsque j'ai décidé de venir vivre à Londres, seuls les livres m'intéressaient et j'ai acheté la librairie pour m'occuper. Puis j'ai rencontré ta grand-mère. Je ne me préoccupais guère de cette belle voisine, jusqu'au jour où elle est venue me trouver à la boutique. Je n'oublierai jamais ce qu'elle m'a dit, elle a donné un nouveau sens à ma vie. Puis elle m'a emmené ici, en Bretagne, et dans cette même pièce où nous nous tenons aujourd'hui, elle m'a révélé qui elle était vraiment et ce qu'elle attendait de moi. Tant de souvenirs… Well, laissons le passé derrière nous, cela ne te concerne pas, my boy. J'ai supplié Dana de te parler elle-même, mais elle ne m'a pas écouté, et voilà qu'il me revient de tout te raconter. J'espère trouver les mots qu'il faudra, les circonstances sont si étranges…

Calliopé souriait d'un air narquois en écoutant le récit d'Archibald, mais se reprit aussitôt dès que le vieil homme, laissant ses doigts jouer sur la fourrure soyeuse du familier qui s'était pelotonné sur ses genoux, la fusilla du regard.

— Ce lieu magnifique, le Palais de Cristal, a été créé par ta grand-mère, Dana, de son vrai nom Titania, comme tu le sais. Ce que tu ne sais pas en revanche, c'est la véritable nature de ta parente, et donc la tienne, Arthur. Mais j'y reviendrai. Ce que tu vois ici constitue l'héritage de l'humanité depuis les temps les plus reculés : tous les récits, tous les contes que l'esprit humain ait jamais inventés y sont préservés, classés, et gardés pour les générations à venir. Il y a de cela bien longtemps, ces manuscrits furent déposés sur cette terre sacrée, l'ancienne île d'Avalon, par une femme qui avait eu une vision de l'avenir et de l'importance de ces récits. Cette femme, c'était la belle-sœur de Titania, ta grand-tante, Nausicaa.

À l'évocation de ce nom, Calliopé ferma les yeux, un instant perdue dans ses pensées. Arthur contemplait abasourdi les centaines de feuilles volantes amassées en rouleaux, les lourds volumes reliés en cuir, les parchemins enluminés qui témoignaient de toutes les techniques utilisés par l'homme pour fixer ses histoires sur des supports qui résisteraient au temps. Il imagina le travail et la patience derrière tout cela, et l'idée qu'une femme ait pu emporter toute cette masse ici le stupéfiait.

— Vous vous fichez de moi, vous deux, hein c'est ça ? C'est une blague, vous avez monté tout ça pour je ne sais quelle raison. Tout est bizarre depuis que je suis avec vous ! Tous ces bouquins pour m'impressionner, ok, ça marche, mais maintenant on ne joue plus. Vous êtes tous bons pour l'asile !

Sur ces paroles, le garçon se leva et se mit à faire de grandes enjambées nerveuses autour de la pièce, suivi par Pillwiggyn qui couinait des sons angoissés en le voyant aussi perturbé.

— Personne ne peut vivre aussi longtemps ! C'est sûr, cette bibliothèque contient des livres très vieux, mais il y a sûrement une explication. Ça doit venir de plusieurs collections, des trucs de riches, je ne sais pas moi, mais ça n'est sûrement pas venu d'un seul coup !

Il tendit la main et retira un gros volume en cuir d'une étagère.

— Tiens, les contes de Perrault, vous voyez que j'ai raison, c'est pas antique ça, hein ! Il n'y a pas que des manuscrits. Regardez, là, lança-t-il en se précipitant sur un rayonnage, « les contes de Beedle le barde » de JK Rowling, alors ça !

Calliopé se leva et vint lui prendre délicatement l'ouvrage des mains.

— Oui, tu as raison, ça ne s'arrête pas à l'Antiquité, et heureusement. Nous avons continué à fournir la bibliothèque. Chaque livre de contes, chaque histoire qui s'adresse à une certaine forme d'imaginaire est conservée ici, c'est notre travail désormais. Ce fut celui de la Guilde, mais elle n'est plus…

— La Guilde ? C'est quoi ça encore ?

— La Guilde des Merlins ! reprit Archibald, d'un ton endurci. Une société secrète de conteurs, d'amoureux poètes et de passionnés du livre. Assieds-toi, Arthur, et laisse-moi te raconter. Tu connais maintenant l'existence du Palais de Cristal, comment nous avons réuni ces milliers de récits, mais ce que tu ne sais pas c'est pourquoi ! Pourquoi les nymphes ont pris tant de risques durant tous ces siècles pour amasser ces trésors, pourquoi elles ont été envoyées parmi les hommes, pourquoi Titania est venue à Londres, pourquoi nous avons continué ce travail minutieux et surtout pourquoi toi, Arthur, tu es ici…

Surpris et calmé par le ton sans appel du vieil homme, Arthur consentit à se rasseoir et se tint prêt à écouter l'étrange récit.

Forêt de Brocéliande
An 573 de notre ère

Plic, plic, plic…

De nouveau ce même bruit, insistant. Trois coups brefs. Puis plus rien. Le silence.

Plic, plic, plic…

Les sons se répétaient à cadence régulière, mais ne provenaient jamais du même endroit, comme pour mieux se jouer d'elle. À chaque fois qu'elle croyait en découvrir la source, elle arrivait trop tard. Rien n'expliquait ce bruit qui la narguait depuis des jours, mettant ses nerfs à vif. Elle connaissait tous les sons de la forêt, tous ses habitants et toutes ses plantes, aucun n'avait de secret pour elle, et pourtant au cœur de son propre domaine quelque chose lui tenait tête et elle détestait cette sensation.

La neige commençait à recouvrir la terre gelée où seules s'obstinaient à pousser quelques rares touffes d'herbe. Tapie depuis l'aube dans l'eau glacée, à l'abri d'un écran de roseaux, Morgan guettait. Le tintement irritant se fit de nouveau entendre. Aussitôt, la jeune femme bondit hors du lac, les écailles de sa queue de poisson brillèrent quelques brefs instants en captant les pâles rayons de soleil, avant de laisser place à une peau fine et claire au contact de l'air froid.

Dès qu'elle toucha le sol, Vivian se mit à courir en direction du bruit, tous ses sens en alerte, sans prêter attention au froid mordant sa peau nue, à peine enveloppée dans sa longue chevelure. Rien n'aurait pu l'arrêter, la colère décuplait ses forces. Depuis le temps qu'elle protégeait ces terres, elle en avait vu des intrus, des curieux venus en reconnaissance ou de simples promeneurs perdus, mais elle avait toujours réussi à les écarter de son chemin, par ruse ou séduction. Aucune présence ne l'avait autant perturbée que ce petit cliquetis dont elle n'arrivait pas à identifier l'origine, agissant sur ses nerfs comme une menace larvée.

Le bruit se faisait plus intense à mesure qu'elle se rapprochait, écartant les branches qui lui griffaient les bras, se taillant un passage dans l'épaisse forêt, redoutant de se perdre à nouveau sur une fausse piste. Portée par son élan, elle atterrit sur un tapis mousseux, à l'abri d'une clairière. Les rayons du soleil levant peinaient à percer la voûte des arbres. Après l'éclat de la neige, ses yeux mirent un peu de temps à s'habituer à la pénombre et elle ne distingua pas tout de suite l'homme qui lui faisait face. Assis sur la souche d'un arbre mort, il prenait appui sur une canne au pommeau d'argent, orné d'un scarabée sculpté, qui projetait de faibles éclairs à la lueur du jour.

Plic, plic, plic…

Tout en tournant entre ses doigts le mécanisme du pommeau, l'inconnu fixait Vivian, la défiant du regard. Dans l'air figé par le froid, le cliquetis du ressort résonnait comme un coup de fouet. Vivian reconnut le tintement qu'elle pistait. Une bouffée de colère l'envahit devant cette ruse grossière. Elle avait cédé à sa curiosité sans précaution, se jetant à la recherche de ce bruit inhabituel sans se douter qu'il pouvait s'agir d'un piège. Sa vie de recluse l'avait éloignée depuis longtemps des hommes qui ne s'aventuraient plus guère en ces lieux réputés maudits. Ses défenses faiblissaient, elle devrait être plus attentive à l'avenir. Elle s'apprêtait à tourner les talons, lorsque l'homme se leva et d'un geste vif lui recouvrit les épaules de sa cape de laine.

— Je t'attendais, dit-il. Tu en as mis du temps à me trouver.

Vivian tressaillit et se dégagea vivement, l'étole de laine étroitement serrée contre elle pour cacher sa nudité. L'homme se rassit et l'invita à faire de même. Méfiante, la jeune femme se tint debout à distance respectueuse.

— Comme tu voudras, dit-il, je ne veux pas t'effrayer.

— Qui es-tu ? Que me veux-tu ? siffla Vivian, encore sous le coup de la colère.

— Je m'appelle Myrddin Wyllt. Mes maîtres m'ont nommé Merlynum le fou, mais qui je suis importe peu... Je t'ai observée, tu te caches et tu fuis les hommes, comme moi. Mais je suis las de fuir... et les bois alentour ne sont plus sûrs. Seules ces terres semblent effrayer mes poursuivants, j'ignore encore pourquoi. Je viens donc te demander ta protection, gente dame.

— Ma protection ? s'étonna Vivian.

L'homme se leva et respectueusement mit un genou à terre devant la nymphe, mais son regard restait planté dans celui de Vivian, droit et tranchant. Malgré son assurance, ses traits imberbes trahissaient sa jeunesse et une certaine vulnérabilité qui émut la jeune femme.

— Je me mets humblement à ta disposition. En échange de l'assurance que personne ne viendra me chercher sur ton domaine, je t'offre mes talents et mes connaissances.

— Et en quoi pourrais-tu bien m'être utile ? Tu n'es encore qu'un enfant et je n'ai besoin de personne.

— Je suis versé dans l'art de distraire. J'exerçais le métier de barde auprès de mon seigneur, jusqu'à ce qu'il soit tué à la guerre et que je me retrouve chassé, à errer dans ces bois comme un animal traqué, mais enfin libre. Mes ancêtres ont servi le peuple de Dana depuis la nuit des temps, ils m'ont enseigné bien plus que le chant ou la danse durant mon enfance... avant que je ne sois vendu à mon maître. J'ai dissimulé mes connaissances et continué à pratiquer tant que j'ai pu. Mon seigneur a été bon avec moi, mais les druides sont persécutés et nous ne sommes plus beaucoup à résister. Prends-moi sous ta protection et je t'enseignerai à mon tour à voir les secrets de la nature, à utiliser ce qu'elle nous offre. La science de mon peuple et des anciens druides est grande, je peux t'ouvrir les portes d'un monde inconnu.

À ces mots, Vivian oublia toute colère et se mit à rire franchement.

— Tu es bien présomptueux ! À qui crois-tu parler ? Je n'ai que faire de tes piètres recettes de druide, la nature n'a pas de secrets pour moi. Tu n'as rien à m'offrir que je ne connaisse déjà ! Retourne d'où tu viens, et ne reviens plus m'importuner. Je te laisse la vie sauve pour m'avoir fait rire, mais ne t'avise pas d'abuser de ma faiblesse.

Puis elle lui tourna le dos, prête à rejoindre son domaine, lorsque l'homme l'interpella.

— Je peux t'offrir ce que tu n'as pas, et que tu n'auras jamais.

Vivian lui fit face mais il ne lui laissa pas le temps de répliquer.

— Je peux t'offrir une compagnie, une présence qui ne te juge pas et ne te demande rien. Tu es seule depuis si longtemps, mais tu peux choisir de partager ton fardeau.

Vivian le toisa à son tour, ébranlée malgré elle.

— Impudent ! Tu viens supplier ma protection comme un jeune chiot. Qu'est-ce qui te fait croire que j'aurais besoin de ta compagnie ?

— Parce que je te connais, Vivian… ou devrais-je dire Morgan ? répondit-il en souriant. Je sais d'où tu viens et je peux t'aider.

11

Le lapin Blanc mit ses lunettes :
— S'il plaît à votre majesté, demanda-t-il, par où dois-je commencer?
— Commencez par le commencement, dit d'un ton empreint de gravité, le Roi.

Lewis Carroll (Alice au pays des Merveilles)

Archibald tapotait distraitement le scarabée aux reflets d'obsidienne qui trônait au sommet de sa canne, tout en scrutant Arthur de son regard hypnotique.

— Cette histoire a commencé il y a bien longtemps, si longtemps que cela te donnerait le vertige. Bien avant l'arrivée des premiers hommes, cette terre appartenait à un autre monde… ou plutôt était un autre monde. Toute l'Angleterre, l'Écosse et l'Irlande, jusqu'aux terres de Bretagne où nous nous trouvons, formaient un même ensemble, ignoré du reste des peuples primitifs qui erraient à ses frontières.

Archibald fit une pause pour jauger le garçon. Arthur semblait attendre la suite, résigné et l'air boudeur, assis en tailleur au fond de son fauteuil, Pillwiggyn endormi sur ses genoux.

— Ce monde avait un nom, « Esfaeria ». Il s'étendait des îles du Nord jusqu'en terre celte d'Avalon, l'île aux pommes, qui gît maintenant juste sous nos pieds, et sur laquelle repose ce Palais de Cristal. Mais Esfaeria ne se limitait pas aux territoires que nous connaissons aujourd'hui, c'était bien plus que cela. On entrait en Esfaeria de diverses façons, mais celui qui se serait contenté de parcourir ce monde uniquement avec ses pieds n'aurait rien vu, rien compris. Esfaeria était avant tout le pays de l'imagination, le début de toute chose, empli de possibilités infinies.

Arthur se tortilla sur sa chaise, partagé entre envie de rire et consternation. Archibald le prenait vraiment pour un débile ! Sentant monter le scepticisme du garçon, Archibald fit signe à Calliopé qui se leva et saisit une mappemonde sur le bureau. Elle la remit précautionneusement entre les mains du vieil homme. Aussitôt, la sphère s'alluma et commença à tourner doucement.

— Oh, frémit Arthur, mais ça bouge…

À la surface du globe, la partie du monde décrite par Archibald s'était mise en mouvement, jusqu'à envahir tout l'espace. Le reste des continents disparaissait, comme si la Grande Bretagne formait une planète à part. Arthur pouvait voir l'Irlande au nord se distendre, prendre ses aises, s'allonger, rejoindre l'Écosse et l'Angleterre qui étiraient leurs côtes comme autant de jambes paresseuses vers l'océan. Tout en bas de la sphère, séparée des grandes îles par la Manche, la petite fourche de Bretagne s'était également développée, révélant en son centre un îlot protégé au cœur d'un lac, Avalon.

— Voici l'antique Esfaeria, expliqua Archibald à l'adolescent fasciné. Dans des temps très anciens, lorsque le reste du monde demeurait encore inconnu à ses habitants. Regarde bien.

À présent loin d'émettre à nouveau des doutes, Arthur se pencha sur la sphère devenue laiteuse, comme envahie de nuages bas et opalescents. Tout d'abord, il crut être victime d'une illusion d'optique, que ses yeux fatigués lui jouaient des tours, tandis qu'un autre paysage se superposait aux tracés géographiques de l'Angleterre et ses îles voisines, bien connus de tous les collégiens. Peu à peu, les formes prirent sens et même s'il ne pouvait expliquer ce qu'il voyait, il comprenait instinctivement qu'un autre monde émanait du premier, avec ses courbes, ses villes, ses forêts et ses côtes parfaitement visibles, à la fois au-dessous et au-dessus des tracés de l'Angleterre, comme un décalque ou un négatif.

Au-dessus de Londres, il put lire « Tara », un nom écrit à la plume avec maints déliés. Il y avait d'autres noms de villes, illisibles pour la plupart, écrits en caractères que le garçon n'avait jamais vus. Puis la sphère s'immobilisa sur la Bretagne, et il put contempler l'île d'Avalon se déployer comme une étoile, lançant ses branches vers des étendues d'eau émeraude. Il comprit alors qu'il se trouvait exactement là, à la fois sur Avalon et au centre du lac de Komper, à la fois sur une langue de sable engloutie et sur les terres de Brocéliande.

Croisant son regard, Archibald lui sourit.

— C'est dingue, Esfaeria est en Angleterre mais aussi juste au-dessus !

— Je vois que tu commences à comprendre, my boy. Esfaeria se révèle par l'esprit, autant ici qu'ailleurs. Peu de personnes ont pu l'apercevoir, il faut une imagination particulièrement réceptive. À l'époque dont je te parle, la question ne se posait pas encore : Esfaeria était le seul univers connu pour ses habitants, et fatalement lorsque les premiers hommes arrivèrent, poussés par les vagues de peuplement venues du sud, ce fut un grand choc pour tout le monde. Ces hommes, des tribus Milésiennes, furent d'abord bien accueillis par les Esfaeriens, puis peu à peu leur nombre augmenta, ainsi que leur jalousie envers ce peuple si paisible qui les recevait en amis. Il me faut te dire que les Esfaeriens ne sont pas vraiment humains, ça tu l'auras deviné. On leur a prêté bien des noms, bien des pouvoirs, mais en vérité j'aime à penser qu'ils furent les premiers habitants de ces contrées.

Arthur roulait des yeux ronds comme des soucoupes.

— Non, non, rassure-toi, ce ne sont ni dieux ni des extraterrestres, non, juste des créatures dotées de sens que nous n'utilisons que très peu. Des êtres sensibles vivant en harmonie avec la nature. Comme tu t'en doutes, l'arrivée des hommes du sud remit en cause l'organisation d'Esfaeria. Si les Esfaeriens pouvaient se déplacer librement sur les deux plans de leur univers, les nouveaux venus, quant à eux, avec leurs esprits frustres, ne voyaient que le plan matériel et en concevaient une énorme jalousie, mais hélas aussi de la peur. Alors la guerre éclata. Les Milésiens étaient mieux armés, plus violents. Il y eu beaucoup de morts dans les rangs Esfaeriens, ce qui choqua profondément le roi d'alors, car sans être immortels, les Esfaeriens vivent extrêmement longtemps. Il faut que tu comprennes que la mort est une chose rare en Esfaeria. Donner la mort volontairement est impensable.

Le roi, qui s'appelait Mac Greine, se rendit aux Milésiens, mais il fut mis à mort lors de la bataille de Mag Tuireadh, avant même d'avoir pu négocier avec ses ennemis. Son fils, qui fut immédiatement sacré roi à sa suite, prit une décision de la plus grande importance pour Esfaeria. Il convoqua son peuple et d'un commun accord ils se résolurent à abandonner une partie de leur monde aux humains. Esfaeria deviendrait inaccessible aux hommes, reliés au monde humain par des portails activés uniquement par la famille royale. C'est ainsi que tous les sujets furent privés de leur capacité naturelle à passer d'un plan à l'autre, et durent se retirer dans les territoires d'Esfaeria. Les Esfaeriens laissaient bien plus que des terres derrière eux. Ils prenaient le risque de perdre leur essence, le but de leur existence.

Mais pour que tu saisisses bien tout l'enjeu de la décision d'Obéron, car tel était le nom du nouveau roi, il me faut te parler à présent de la nature même d'Esfaeria.

Arthur ne bougeait plus, osant à peine respirer, par peur de voir la mappemonde s'éteindre. Il caressait du bout du doigt les tracés mouvants, son esprit essayant d'assimiler ce qu'il entendait.

Archibald saisit une flasque qui reposait sur un

plateau à côté de la mappemonde, et but une gorgée à même le goulot, pour se donner du courage. Il avait bien conscience que ses révélations étaient en train de changer Arthur à jamais, que sa vision du monde s'en trouverait irrémédiablement bouleversée, mais il ne pouvait plus différer l'inévitable. Alors il se lança.

— Comme je te l'ai dit, Esfaeria était déjà un monde bien organisé, avec un roi et une cour, des sujets libres et des villes, à une époque où la plupart des humains se déplaçaient à peine en tribus sauvages. S'il fallait dater la création d'Esfaeria, ce serait impossible, pour la simple et bonne raison que le temps n'a aucune réalité pour les Esfaeriens. Il n'existe tout simplement pas. Ils en ignorent jusqu'au concept. Une année humaine peut s'étirer sur une très longue période en temps esfaerien. Mais pour faire simple et te donner une idée, les Milésiens seraient arrivés à l'âge du bronze, plus d'un millénaire avant notre ère. Esfaeria est probablement bien plus ancienne encore.

Une autre particularité de l'organisation esfaerienne est l'absence de toute forme de pouvoir. Certes, ils ont un roi, mais il s'agit plus d'un gardien des traditions que d'un véritable chef. Tous les Esfaeriens, quel que soit leur clan, sont essentiellement libres. Tu ne pourras jamais contraindre un Esfaerien à faire ce qu'il refuse, et crois-moi, j'en sais quelque chose…

Lorsque les humains les ont attaqués, ils ont préféré se retirer plutôt que de détruire leur mode de vie. Les Esfaeriens s'accordent tous sur un point, la survie de leur espèce, qui passe depuis ces terribles événements par la nécessité de se cacher des hommes.

Le roi fédère tous les Esfaeriens mais fait partie du peuple des Faes, les fondateurs mythiques d'Esfaeria, le peuple de Dana ou en ancien gaëlique, le Tuatha de Danann.

— Dana, comme ma grand-mère ? s'étonna Arthur, retrouvant la parole.

— Exactement, my boy. Pour en revenir au roi, il est

le descendant direct des Danann ; lorsqu'un roi s'éteint, après bien des siècles pour nous en temps humain, le premier enfant mâle Fae né du lit royal lui succède. Cela ne serait être remis en cause, il en va ainsi depuis la nuit des temps. Pour ce peuple qui ne connaît ni les rivalités ni la soif du pouvoir, être roi est avant tout un honneur et une lourde responsabilité, celle d'être le lien entre la Source d'Esfaeria et ses sujets. Car la véritable âme de ce monde, son essence, son cœur est la Source.

— La Source ? Comme une source d'eau ?

— La comparaison n'est pas mauvaise. La Source est Esfaeria, et Esfaeria est la Source. Tant qu'elle existe, Esfaeria existe. Mais ce n'est pas de l'eau qui en jaillit, plutôt une énergie. Une vibration extrêmement puissante. La meilleure façon de la décrire serait de dire qu'elle est l'imagination elle-même. Chaque pensée, chaque idée, chaque création provient de la Source. Elle irradie non seulement sur le plan d'Esfaeria, mais aussi sur notre monde. Esfaeria n'est que sa maison, en quelque sorte, et le roi n'est que son gardien. Cette énergie créatrice va bien au-delà d'Esfaeria et tu vas comprendre pourquoi le retrait des Esfaeriens a failli coûter si cher à l'humanité.

Écrasé par le poids de ces révélations, Arthur soupira et se renfonça dans son fauteuil.

— Esfaeria attendait que les hommes soient assez évolués pour partager avec eux l'énergie de la Source. Lorsque les Milésiens sont arrivés, les Esfaeriens se sont d'abord réjouis. Mais très vite, ces hommes ne leur ont pas paru dignes de recevoir le soutien de l'imaginaire. C'est là où l'idée d'Obéron a été géniale et révolutionnaire : en isolant Esfaeria du regard et de la concupiscence de ces premiers humains, il a permis à son peuple de garder sa liberté, mais surtout a sauvé la mission future, dans l'attente du bon moment. Et depuis des millénaires, toute l'Histoire nous prouve que son choix fut le bon. L'imagination n'aurait jamais pu se répandre parmi nous si Esfaeria était restée accessible. Les Milésiens l'aurait détruite. Obéron fut un roi éclairé et le monde lui doit beaucoup.

À l'évocation d'Obéron, le visage de Calliopé s'était fermé. La jeune femme se leva et fit quelques pas dans la pièce tandis qu'Arthur la suivait du regard. Archibald reposa la sphère qui avait cessé de briller et reprit le cours de son récit.

— Grâce au sacrifice et à l'intelligence d'Obéron, la Source, désormais protégée et installée à Tara, la capitale d'Esfaeria, allait pouvoir transmettre son énergie créatrice aux hommes quand ils seraient prêts à la recevoir. Cependant, les Esfaeriens avaient encore du mal à faire confiance aux humains et il fut décidé de tester la mission loin des anciennes terres d'Esfaeria, là où une nouvelle civilisation naissait. Ce fut donc en Crète, aux environs de l'an mille avant notre ère, que tout commença. Mais je vais laisser Calliopé prendre le relais, elle saura mieux que moi t'expliquer tout cela.

La jeune femme laissait courir ses doigts le long des couvertures en cuir des livres anciens qui s'alignaient sur les étagères. Lorsqu'elle commença son récit, ce fut d'une voix grave et triste, qu'Arthur ne lui avait jamais connue. D'ordinaire enjouée, son amie semblait à présent porter le poids d'un lourd fardeau. Elle revint s'installer près de l'adolescent et tout en lui prenant la main doucement, elle s'excusa d'avance pour les terribles aveux qu'elle devait lui faire.

— Calliopé, commença celui-ci, toute cette histoire… dis-moi que c'est une blague.

— Mon enfant, le coupa-t-elle, je sais à quel point cela doit être perturbant pour toi, et c'est un grand honneur de pouvoir t'expliquer aujourd'hui de ce que nous fûmes, même si ce rôle aurait dû revenir à ta grand-mère. À présent, elle n'est plus là pour le faire et il m'appartient donc, en tant qu'aînée, de te révéler des choses qui vont te sembler incroyables. Mais je te demande de m'écouter attentivement.

Il y a de cela environ mille de vos années, lorsqu'Obéron décida de commencer à diffuser l'imagination chez les humains, sa propre sœur jumelle se porta volontaire. En raison de certaines circonstances malheureuses, elle n'avait plus sa place en Esfaeria et souhaitait se rattraper aux yeux de son frère et roi. Elle s'appelait Nausicaa. Après avoir perdu son nouveau-né de façon tragique, elle n'avait cessé de pleurer nuit et jour. Mais son désir d'enfant était si fort, son désespoir si grand, que la Source en eut pitié. De chacune de ses larmes une nouvelle vie a jailli, comme une projection d'elle-même. Ainsi sont nées les nymphes. Pas moins d'une centaine de jeunes filles plus belles les unes que les autres. Nausicaa ne fut alors plus jamais seule, ni triste.

Elle proposa à son frère de se rendre en Crète avec ses nymphes. Elles se réfugièrent d'abord sur une île isolée, sur un volcan endormi, au centre d'un labyrinthe sous la protection d'un griffon d'Esfaeria, le brave Minotaure. Leur mission était de trouver des humains capables de recevoir le don, d'ouvrir leur esprit à la force de la Source. Au début ce fut assez difficile, mais leur renommée se répandit peu à peu, et bientôt les jeunes poètes vinrent d'eux-mêmes à leur rencontre.

Les nymphes ne sont pas à proprement parler de sang royal. Leur rôle se limitait à faire l'intermédiaire entre les désirs des poètes et l'inspiration donnée par la Source. Seuls les héritiers légitimes des Faes, comme les filles d'Obéron et Titania, peuvent entendre la Source. Il fallait donc que les nymphes puissent rester en contact avec Esfaeria. Nausicaa se chargeait chaque soir de nous porter les demandes, grâce à un passage au centre du labyrinthe, et chaque matin elle repartait avec les consignes de la Source.

Calliopé marqua une pause, Arthur la dévisageait à présent l'air totalement ahuri. La jeune femme ne lui lâchait pas la main, consciente du choc qu'il devait encaisser. Elle jeta des regards impuissants à Archibald qui semblait lui-même plongé dans ses pensées.

— Nous… ? réussit à balbutier le garçon, tu veux dire que toi…

— Oui, je suis une des filles d'Obéron. Nous sommes neuf sœurs, les premiers humains que nous avons aidés nous ont donné un charmant nom, bien avant celui de « fées »... on nous appelait alors les Muses. Chacune de nous avait un domaine réservé de l'imagination.

Calliopé se mit alors à sourire à ses souvenirs.

— Pour moi c'était l'éloquence, la poésie…

— Mais, l'interrompit Arthur en se levant brusquement, tu m'as dit que c'était il y a mille ans ! Tu ne peux pas avoir mille ans ! J'ai bien failli marcher dans vos histoires, mais là non, je dis stop ! Ok, il se passe des choses super bizarres avec vous tous, mais il doit y avoir des explications. Vous m'avez déjà drogué une fois ! C'est ça, vous avez recommencé, j'ai des hallucinations…

Archibald attendit patiemment que le garçon épuise sa colère bien légitime et lui fit signe de se rasseoir.

— My boy, tout cela est bien difficile à croire, mais je te jure que nous te disons la vérité.

Puis il reprit d'une voix soudain devenue tranchante.

— Il est temps à présent d'arrêter les enfantillages, ta vie est peut-être menacée. Je suis désolé que tu apprennes tout cela dans ces circonstances. Calliopé et moi-même faisons tout notre possible pour te ménager, mais tu dois nous écouter. Si tu ne le fais pas pour toi, ni pour nous, fais-le pour Lily, elle a besoin que tu sois fort.

À la mention de sa mère, Arthur se calma instantanément. Jusque-là, les histoires d'Archibald ne lui avaient pas semblé les concerner directement.

— Ma mère ? Quel rapport avec elle ?

Ce fut Calliopé qui répondit.

— Lily, ta maman est l'une des nôtres. Thalie est ma sœur, mon cher Arthur, une des neuf Muses.

— Quoi ? C'est impossible ! Mais alors, grand-mère…

— Dana est notre mère à toutes, oui. Titania, notre Reine.

À ces mots Arthur crut suffoquer. Sa vue se brouilla et il dut faire un effort colossal pour ne pas éclater tant il lui semblait que son crâne était compressé dans un étau.

— C'est complètement dingue, articula-t-il lentement, alors ça, ça dépasse tout. Vous êtes en train de me dire que ma mère est née dans un autre monde, il y plus de mille ans, et que ma grand-mère chérie… est une reine, ajouta-t-il d'une voix aigüe. Vous êtes frapadingues, j'en ai assez de vous, je m'en vais !

Sentant que la crise de panique n'était pas loin, Archibald ne fit pas un geste pour retenir l'adolescent qui s'était levé et sortait à grands pas de la bibliothèque, talonné par Pillwiggyn.

— Il va revenir, assura-t-il à Calliopé bouleversée. De toute façon il ne peut pas aller bien loin.

12

Tels sont les caprices d'une imagination forte;
pour peu qu'elle conçoive une joie,
elle suppose un messager qui l'apporte.

William Shakespeare (Le Songe d'une nuit d'été)

Arthur ne voyait plus rien. Ses oreilles bourdonnaient, un goût métallique lui emplissait la bouche. Il se mit à arpenter en tous sens l'entrée du Palais de Cristal, se heurtant à chaque fois aux murs d'eau figée. Aucune issue possible. Il ne pouvait quitter cette pièce, pas tout seul en tous cas. Il ne retrouverait jamais le couloir sous le lac. Les murs avaient dû se refermer après leur arrivée. Assailli de sentiments contradictoires, entre peur et fascination, il s'assit sur le tapis du vestibule, la tête entre les mains comme Émile le lui avait montré ; une parade efficace selon son ami pour éviter les montées d'angoisse. Son pouls se calma peu à peu. Reprenant conscience de ce qui l'entourait il réalisa que Pillwiggyn se tenait à ses côtés, le fixant d'un air très doux et inquiet.

— Ok, très bien, je me calme. Si j'ai pu admettre que tu es un farfadet, si j'ai pu me balader sous un lac, je peux bien aussi croire que ma mère est une fée, ou une muse, ou je ne sais-plus-quoi, non ?

Arthur gémit.

— Je te parle, mais je ne sais même pas si tu me comprends…

Pillwiggyn, vexé, émit une tirade de grognements. Il fit mine de gronder le garçon, ce qui le fit sourire, et de son petit index montra la bibliothèque.

— Quoi ? Retourner là-bas ? Jamais! Ils sont dingues ces deux-là.

Mais son petit compagnon ne l'entendait pas ainsi. Il se mit à tirer sur le pull d'Arthur pour le forcer à se lever.

— Non, pas la peine, même pas en rêve! J'en ai ma claque, on va sortir d'ici.

Animé d'une nouvelle énergie, l'adolescent se releva et tâta les parois à la recherche d'un passage sous l'œil désapprobateur du familier.

— Tsss, bang, ffff ! émit celui-ci comme une évidence, gambadant à côté de son maître qui s'acharnait à découvrir une faille dans l'eau gélatineuse qui résistait à ses pressions, se moquant de ses piètres tentatives.

— Bon, j'ai compris, y'a que la poudre de fée qui l'ouvre, c'est ça ? Tu as gagné. De toute façon, j'ai pas vraiment le choix…

Lorsqu'Arthur revint dans la bibliothèque, il trouva Calliopé et Archibald confortablement installés dans le canapé, occupés à regarder un grand livre illustré. Le garçon s'approcha, penaud, et reçut un choc en reconnaissant le visage de sa mère qui semblait lui sourire, imprimé en pleine page. La gravure de facture délicate représentait un groupe de jeunes filles comme on en trouve dans les anciens livres d'art. À peine drapées de voiles, les figures graciles dansaient au bord d'une rivière, chacune tenant un instrument correspondant à son art. Arthur se pencha au-dessus de l'épaule d'Archibald et pu lire la légende sous la gravure : « la danse des Muses ». C'était bien les traits de Lily que l'on retrouvait en cette jeune femme riant aux éclats, perdue dans sa danse avec ses sœurs. À la main elle tenait un masque et une sorte de bâton. Elle semblait si gaie que le cœur du garçon se serra, reverrait-il jamais sa mère sourire comme cela ?

— Elle était la plus joyeuse d'entre nous, sa bonne humeur était si contagieuse que la Source lui a confié la création des comédies. Elle a permis à bien des humains de ne pas se prendre trop au sérieux, et parfois je t'avoue que cela faisait le plus grand bien, confia Calliopé.

— Pourtant je ne l'ai pas souvent entendu rire, dit Arthur. Elle n'est pas super drôle avec moi, surtout pour ranger mes affaires.

Le regard de Calliopé se voila mais elle ne répondit pas. Elle continua à feuilleter l'album de gravures où différentes versions des Muses apparaissaient. Depuis les sculptures antiques jusqu'aux techniques contemporaines, de nombreuses œuvres les représentaient. De tous temps les hommes avaient voulu rendre hommage à leur beauté et à leur générosité, reconnaissants pour le don de créativité.

— Les poètes furent les premiers à demander aux nymphes les clés de l'imagination, mais peu à peu nous vîmes arriver d'autres artistes. La mission était une réussite, et elles furent bientôt connues partout dans le monde antique. Alors Nausicaa décida de quitter la Crète pour conquérir d'autres contrées. Elle emmena ses nymphes en Grèce qui promettait d'être un pays ouvert aux arts. Le labyrinthe du volcan fut fermé. Les nymphes avaient suffisamment d'expérience pour guider les poètes elles-mêmes sans plus faire appel à la Source, d'autant qu'en se déplaçant sans cesse, il devenait de plus en plus difficile pour Nausicaa d'accéder à Esfacria en secret.

Puis interrogeant Archibald du regard, Calliopé reprit :

— La question que tu dois te poser est certainement celle de notre âge, n'est-ce pas ? Archibald t'a expliqué que dans mon monde, le temps n'existe pas. En réalité, il passe très différemment d'ici, si bien que nous ne le sentons presque pas. Chez nous, il n'y a pas de jour ni de nuit, pas de succession de saisons. Il fait constamment jour, toujours beau temps. Nous ne coupons pas les journées en heures, tout cela n'a aucun sens pour nous. Lorsque nous vivions sur les deux plans, les règles d'Esfaeria se propageaient naturellement au monde terrestre, mais lors du Retrait, le temps a repris ses droits sur les îles anglaises. Sur terre, il nous faut nous adapter, car notre métabolisme est si lent que rester trop longtemps ici peut nous tuer rapidement. Nous sommes reliées à la Source grâce à cela.

Calliopé tira alors sur la chaîne dorée qu'elle portait autour du cou et dévoila un pendentif semblable à celui que Dana portait lors de sa confrontation avec Egregor, en forme de goutte en verre soufflé. À première vue elle semblait contenir de la fumée blanche, mais en y regardant de plus près, Arthur discerna des petits points lumineux qui virevoltaient à toute allure, comme des électrons multicolores.

— Chacune de nous, mphe comme muse, possède un pendentif tel que celui-ci, expliqua Calliopé. Il contient un peu de l'énergie de la Source, ce qui nous permet de ne pas subir le temps terrestre. Sans cela, soupira-t-elle, nous ne vivrions pas très longtemps ici.

Arthur était captivé par le réceptacle de verre qui l'attirait comme un aimant. Il tendit la main vers lui, mais Calliopé le remit au creux de sa chemise où il brilla quelques secondes à travers l'étoffe.

— J'ai déjà vu ce pendentif au cou de Dana, l'autre jour. Et aussi à Neverland, non ? Il y avait une grosse boule remplie du même nuage, je m'en souviens maintenant…

— Ce que tu as vu, my boy, enchaîna Archibald, n'est rien d'autre que la Source elle-même.

Devant l'air ahuri du garçon, il poursuivit :

— Oui, Dana l'a emmenée lors de son retour. Mais si tu veux bien, nous allons laisser Calliopé raconter la suite, et tu vas vite comprendre.

Désormais toute ouïe, Arthur se cala dans le canapé pour écouter la suite du récit.

— En Grèce, les nymphes ont inspiré de nombreux

poètes, se remémora Calliopé. Le plus grand d'entre eux restera sûrement Homère. Il fut très lié à Nausicaa qui devint son inspiratrice attitrée, sa Muse comme il disait. Les humains nous appelèrent alors ainsi, nous confondant avec les nymphes, qu'ils nommaient aussi les Rhapsodes, ou les Homérides, en hommage à Homère.

Peu à peu, Nausicaa a senti qu'il fallait conserver par écrit tous les récits et poèmes que les jeunes gens leur devaient, demandant des copies, ou faisant retranscrire par les nymphes les vers naissant de leur esprit. Elle a la première compris que l'imagination donnée aux humains se régénérait d'elle-même, et qu'ils pouvaient inventer de nouveaux genres de récits et d'art sans aucune aide. Aisopos, devenu le célèbre poète Esope, fut son premier protégé. Elle a reconnu très tôt en ce jeune berger recruté au labyrinthe de Gortyne, en Crète, un talent particulier, et il fut le seul humain autorisé à la suivre dans ses voyages par la suite.

Mais en Grèce, les nymphes furent bientôt la cible des détracteurs romains. Nausicaa décida alors de suivre un autre de ses protégés, le poète et architecte Démétrios, qui venait de s'exiler en Égypte, à la suite du conquérant Alexandre le Grand.

Ensemble, en Alexandrie, ils œuvrèrent à créer la plus grande bibliothèque de l'antiquité. Nausicaa se présentait à chaque nouveau roi comme une grande prêtresse. Ils étaient si impressionnés par son éternelle jeunesse qu'ils la laissaient en paix. Les nymphes habitaient au cœur du Museion, mais peu de personnes les voyaient. Seule Nausicaa sortait et dirigeait elle-même de grandes expéditions pour ramener des parchemins de toute la Méditerranée.

L'Égypte plia à son tour devant les Romains. Le monde d'alors ne rêvait plus ; il était temps pour Nausicaa de mettre un terme à la mission en attendant des jours meilleurs.

C'est ainsi que les nymphes sont parties, emportant les manuscrits et les parchemins les plus importants, le jour même où Jules César a pris Alexandrie. Leur fuite est passée inaperçue dans le grand incendie qui a ravagé le port, et sans doute les a-t-on crues mortes dans la bataille.

Ces manuscrits ont été sauvés de justesse et constituent le fonds de cette bibliothèque que tu vois aujourd'hui. Ils sont les rescapés d'Alexandrie, un héritage inestimable.

Arthur leva les yeux sur les rayonnages qui l'entouraient, chargés de livres et de rouleaux. L'Histoire commençait à lui apparaître sous un jour fascinant. Ainsi les trésors de la grande bibliothèque d'Alexandrie se trouvaient devant lui ? Comme tous les collégiens, il avait quelques notions sur le sujet, les noms d'Alexandre, de César, d'Alexandrie ne lui étaient pas inconnus, mais il n'aurait jamais cru se retrouver plongé dans leur réalité.

— Les nymphes ont voyagé pendant plus d'un an pour revenir ici, évitant les chemins commerciaux trop fréquentés pour ne pas se faire remarquer. Il faut dire que leur convoi était impressionnant. Imagine-toi des dizaines de voitures tirées par des chevaux, transportant des milliers de livres ; mais surtout uniquement conduits par des femmes ! rigola Calliopé, un fait rare à cette époque. Heureusement, elles ont été escortées un bon bout de chemin par les guerriers d'une tribu du désert qui les ont emmenées saines et sauves jusqu'en Gaule.

Des seigneurs celtes les ont aidés à passer les barrages romains. Les mémoires des hommes n'avaient pas encore totalement effacé notre passage en ce monde. Les Druides, fidèles au peuple de Dana, continuaient à répandre nos apprentissages, comme le respect de la nature et les secrets de la guérison. Les nymphes ont été accueillies avec égards, mais dans le plus grand secret, tu t'en doutes.

De toute façon, elles ne faisaient que passer et avaient demandé l'hospitalité au roi de Vénétie pour une nuit sur ses terres. C'est ainsi qu'elles sont revenues au bord de ce lac, qui à l'époque portait une île. Nous l'appelions Avalon. La seule île qui était encore à la fois sur Terre et sur Esfaeria, un point de passage naturel et extrêmement puissant. Le dernier portail.

Titania est venue à leur rencontre, les retrouvailles entre notre mère et notre peuple ont été très émouvantes, nous avions tant à nous raconter. Mais la principale urgence était de protéger les manuscrits. Ils ne pouvaient pas entrer en Esfaeria, alors Titania a conçu ce palais pour les abriter et a englouti l'île au fond du lac. Vivian, est restée en arrière pour garder le Palais de Cristal. Elle a fait preuve d'un grand courage et son sacrifice a permis la conservation de ce lieu au-delà des siècles.

À nouveau, Calliopé embrassa du regard la forêt de papier qui les entourait. Archibald était resté silencieux et affichait un air recueilli. Sans doute ses pensées et ses souvenirs dérivaient-ils vers d'autres temps, quand soudain un pan du mur de cristal sembla fondre sur lui-même et s'ouvrit pour céder le passage à Vivian.

Instantanément sa queue de poisson laissa place à deux jambes nues, que sa chemise longue recouvrit aussitôt. Cela se passa si vite qu'Arthur douta de ce qu'il venait de voir. Décidément, rien ne lui serait épargné aujourd'hui, il allait de surprise en surprise.

Avisant l'air grave de la jeune femme, Archibald se leva à sa rencontre.

— Vivian ? Que se passe-t-il ?

— Thalie s'est réveillée…

Arthur poussa un cri et se leva brusquement. Vivian l'arrêta d'un geste de la main.

— Mais elle a replongé dans son coma, s'empressa-t-elle d'ajouter. Ne t'inquiète pas, elle va bien !

Puis considérant Archibald d'un air inquiet, elle ajouta :

— Elle a eu le temps de nous dire quelques mots. Archibald, je crois que tu devrais venir.

13

Il n'existe que trois matières : celle de France, de Bretagne et de Rome. Ces trois matières ne se ressemblent pas. Les contes de Bretagne sont tellement irréels et séduisants ! Tandis que ceux de Rome sont savants et chargés de signification et que ceux de France voient chaque jour leur authenticité confirmée !

Jean Bodel (Chanson des Saisnes, 1165-1210)

Arthur déboula en trombe dans le salon du château où reposait sa mère, Pillwiggyn fermement accroché à son cou. Ses longs cheveux répandus sur l'oreiller, le visage pâle, Lily semblait dormir paisiblement. Rien ne laissait supposer qu'elle s'était éveillée quelques instants plus tôt. Erynn, Clio et Mel se relayaient à son chevet, humectant son front brûlant et ses lèvres à l'aide de linges frais. Arthur réalisa soudain qu'elles étaient les sœurs de sa mère et l'étrangeté de la situation le frappa de plein fouet. Mais pour l'instant, il préféra se concentrer sur l'état de Lily. Doucement, comme s'il risquait de la briser, il lui prit la main et fut rassuré par son contact tiède.

Il caressa ses cheveux, et son cœur se serra. Parmi les mèches blondes de Lily apparaissait à présent une longue mèche de cheveux blancs, à peine plus claire mais bien réelle, un signe évident du mal qui l'affligeait.

Calliopé et Vivian entrèrent à leurs tours, suivies d'Archibald. Les muses se levèrent pour sortir mais Calliopé leur fit signe de rester. Surgit alors un homme en blouse blanche qu'Arthur reconnut aussitôt, le médecin chef de l'hôpital de Londres, celui qui l'avait surpris en compagnie de l'interne dans la chambre de Lily. D'un regard, il invita Archibald à le rejoindre au fond de la pièce et s'entretint en aparté avec lui. À leurs visages graves Arthur comprit que la situation était critique. N'y tenant plus il s'élança vers eux, faisant tomber Pillwiggyn au sol. Le familier courut se lover près du feu, attentif aux réactions de son jeune maître.

— Comment va ma mère ? lança Arthur. Je veux savoir la vérité docteur ! Et n'essayez pas de me mentir, j'en ai assez de vos mensonges à tous !

Le médecin le dévisagea, surpris, et hésita à répondre, mais devant l'air décidé du garçon il jugea préférable de céder. Archibald ne bougeait pas, encaissant les reproches d'Arthur.

— L'état de ta mère est stable pour le moment, mon garçon. Elle est plongée dans un étrange sommeil, que je ne qualifierais pas réellement de coma… hum, disons que c'est un peu comme si elle dormait et que euh, elle vieillissait en même temps, en quelque sorte…

— Oh, non, Archibald ! Elle vieillit ! C'est le temps d'ici n'est-ce-pas ? Il faut faire quelque chose ! Regardez ses cheveux !

Arthur frôlait la crise d'hystérie. Archibald l'attrapa par les épaules et le força à le regarder en face, tout en lui parlant doucement.

— Calme-toi my boy, je te promets qu'elle est entre les meilleures mains qui soient. Le professeur Wayne est très compétent et connaît la particularité de ta maman. Le temps humain l'affecte, c'est vrai, mais les dégâts ne datent pas de son coma, hélas. Cela n'a fait qu'empirer le processus. Dès que le professeur a compris de quoi il retournait, nous l'avons placée sous l'énergie de la Source. Regarde, cela devrait atténuer les effets de son sommeil et régénérer son métabolisme fatigué.

Calliopé dégagea doucement les cheveux de Lily et Arthur avisa à son cou une petite amulette remplie de la même substance diaphane que le pendentif de Calliopé.

— Mais pourquoi ma mère n'avait pas le sien avant? s'étonna Arthur.

— C'est une longue histoire, mais le plus important c'est que désormais nous pouvons contrôler son état, lui répondit Calliopé. Ne t'en fais pas, je te promets que nous la sortirons de là. Celui qui est responsable paiera, ta mère te sera rendue.

Plus que ses paroles, ce fut le regard acéré que son amie lui lança qui rappela au garçon à qui il avait affaire. Il se surprit à espérer. Sa mère allait guérir, ses tantes trouveraient la solution. Quasiment à son insu il sentait qu'il acceptait cette histoire surréaliste, et plus étonnant encore, il se sentait même soulagé d'un poids. Les choses prenaient un sens différent, beaucoup de zones d'ombre dans sa vie s'expliquaient. Le vertige le saisit rien qu'en y pensant. Sa mère, sa grand-mère, venues d'un autre monde, les disputes de ses parents… et son père ? Était-il au courant ? Est-ce pour cela qu'il fuyait si souvent la maison, s'isolant dans sa magie et ses spectacles ?

Il revoyait Lily lui sourire quand il rentrait de l'école. Il se remémorait ses mots d'encouragement, sa présence douce, toujours rassurante, toujours disponible. Elle savait comme personne trouver les mots justes quand il doutait, quand il voulait laisser tomber l'entraînement de sa magie. Lorsqu'elle était à ses côtés il n'avait jamais peur, malgré ses maladresses. Était-ce cela son don de muse ? Pouvait-elle faire surgir le meilleur des gens ? Était-ce pour cela que son père l'avait épousée ? Elle l'inspirait lui aussi ?

Assailli par des milliers de questions, Arthur mesurait peu à peu le gouffre qui s'ouvrait devant lui. Il ne faisait que commencer à comprendre ; ses questions en appelleraient d'autres, plus perturbantes, sur sa mère, sur lui aussi. Mais pour le moment, il devait se concentrer sur les urgences, tout son être lui ordonnait de patienter. Il fit un effort pour revenir au présent, à ses amies qui s'affairaient autour de Lily veillant à ce qu'elle ne manque de rien.

Archibald s'entretenait toujours avec le médecin au fond du salon et acquiesçait régulièrement à ses propos. Arthur qui était revenu au chevet de sa mère ne pouvait entendre ce qu'ils se disaient, mais il se doutait qu'ils commentaient le réveil soudain de Lily. Cela n'avait duré que quelques instants, puis elle avait aussitôt replongé dans le sommeil, sans qu'il puisse lui parler. Il avait quitté le Palais de Cristal en courant de toutes ses forces, sous le tunnel rouvert par Archibald, mais il était arrivé trop tard.

Vivian s'approcha et lui proposa une tasse de chocolat chaud, un réconfort bienvenu. Doucement, elle le prit par le bras et l'entraîna dehors.

— Viens avec moi, mon enfant, laisse le médecin s'occuper de Thalie, un peu d'air frais te fera du bien.

Le soleil avait gagné la bataille sur les nuages et filtrait fièrement à travers les chênes centenaires du bord du lac. La buée matinale annonçait l'hiver qui arrivait à grands pas. Pillwiggyn se faufila à leur suite et sauta sur l'épaule du garçon, en lui tirant l'oreille au passage pour le réprimander de l'avoir laissé seul.

— Ouille ! Je ne t'oublierai plus, rigola Arthur. Je croyais que tu dormais près du feu, gros flemmard !

Pillwiggyn grogna et Vivian s'amusa de voir l'adolescent s'habituer si vite à son nouvel environnement. Cela pourrait s'avérer plus facile que prévu finalement. Elle l'invita à faire quelques pas avec elle.

— Je sais que tout ce que ce vieux brigand d'Archibald t'a révélé doit être très perturbant pour toi, je te comprends tu sais. Je vis parmi les hommes depuis si longtemps que j'en ai presque oublié mon monde d'origine. Désormais c'est ici que j'habite, ici que j'ai aimé, et finalement, passé les meilleurs moments de mon existence.

Arthur vit briller à son cou une chaîne d'argent au bout de laquelle se balançait une goutte de verre poli. Elle le saisit entre ses doigts et sourit tristement.

— Oui, l'énergie de la Source nous permet de vivre

presque éternellement, mais nous ne sommes pas immortelles pour autant. La vie est le don le plus précieux qui soit, il faut en prendre soin, Arthur. La vie est partout ici, dit-elle en montrant le lac et la forêt au loin. Rien ne saurait me faire plus plaisir que de t'enseigner à la voir. Mais chaque chose en son temps, si tu dois rester ici encore un peu, je serais très honorée de te faire visiter mon domaine. Comme Calliopé et Archibald ont dû te le dire, je suis la gardienne de ces lieux depuis des siècles maintenant. Oh, qu'est-ce que je raconte ? Depuis deux millénaires oui ! Comme le temps passe vite ! On ne dirait pas avec mon teint de jeune fille !

Vivian se mit à rire et sa bonne humeur dérida un peu Arthur.

— Ah, mon cher, cher petit, tu n'as pas idée de la joie que nous procure ta visite ! Même si bien sûr, nous aurions préféré te rencontrer dans des circonstances moins pénibles. Tes tantes mourraient d'envie de te connaître. Nous n'aurions jamais cru que cela soit possible un jour.

Arthur tiqua en entendant Vivian prononcer le mot « tantes », mais après tout il fallait bien se rendre à l'évidence. Calliopé et les autres étaient bien les sœurs de sa mère.

— Et vous, se lança-t-il, vous êtes ma tante aussi ?

— Oh, tu peux me tutoyer ! Et non, je ne suis pas ta tante. Je suis une nymphe, donc nous serions plutôt des cousins. Mais peu importe, j'espère surtout devenir ton amie. J'ai tant de choses à te dire ! Calliopé t'a raconté qui nous sommes n'est-ce pas ?

— Oui, jusqu'à votre arrivée ici, en Avalon, c'est bien ça ? Et puis j'ai vu les livres, là-dessous, dit-il en pointant le lac du doigt avec un sentiment étrange. Dire qu'il était sous l'eau quelques instants plus tôt…

— Impressionnant, n'est-ce pas ? Ah, il en a fallu du temps et du courage pour tout rassembler. Ce fut une aventure passionnante, mais rien de comparable à ce que j'ai pu vivre par la suite.

Tout en l'entraînant sur le chemin qui tournoyait autour du lac, Vivian sentait Arthur enfermé dans ses pensées. Elle pouvait tout à fait imaginer ce qu'il ressentait, si jeune et perdu, loin de ses repères. Elle-même avait dû s'adapter à une nouvelle existence, alors qu'elle était encore une adolescente.

— Je n'ai jamais regretté ma décision de rester seule ici, confia-t-elle. Au début ce fut assez angoissant, mes sœurs me manquaient, mais très vite j'ai appris à mieux connaître les humains. Je ne dirais pas que je les ai appréciés, mais tous ne sont pas mauvais… Auparavant, je n'avais de contacts qu'avec les poètes, comme toutes les nymphes, je ne frayais pas avec les hommes. Ici, j'ai dû me défendre, apprendre leurs coutumes, imposer ma présence. Parfois avec force, parfois avec plus de persuasion, mais j'ai toujours réussi à les tenir éloignés du centre du lac. La peur les arrêtait aussi. Des rumeurs circulaient sur un monstre qui vivrait ici, non mais tu te rends compte, rigola-t-elle, un monstre ! Confondre une sirène avec un monstre !

Pillwiggyn renifla de mépris, il détestait la bêtise des humains qui prenaient les créatures merveilleuses pour des monstres. Arthur le caressa en riant.

— Bon je te l'accorde, je n'ai pas toujours été gentille, reprit Vivian d'un air malicieux, et les gens d'alors étaient si faciles à berner, si superstitieux ! Au fil des siècles, c'est devenu plus difficile, mais j'ai trouvé d'autres parades pour éloigner les curieux. Le domaine est désormais privé et appartient à Archibald. Personne ne vient plus depuis la Deuxième Guerre mondiale. Le reste du monde nous a oubliés, et c'est tant mieux. J'ai vécu si longtemps seule que cela ne me dérange pas. Et puis il y a tant à faire ici, la forêt demande une attention permanente, surtout avec les dégâts de la pollution qui abîme tout.

Craignant qu'elle ne s'égare, Arthur la ramena à ses préoccupations.

— Et tu fais quoi exactement ? Je veux dire pour

protéger les livres ?

— Pendant plus de cinq cent ans, je n'ai fait qu'éloigner les rares curieux, ceux qui se perdaient dans les bois, les paysans qui maraudaient, les brigands qui cherchaient un refuge, les seigneurs qui voulaient annexer mon domaine. J'ai dû même en séduire quelques-uns… pour mieux les amadouer. Mais un jour, un homme est arrivé. Celui-ci était d'une autre trempe. À partir de ce moment, ma vie a basculé, et toute notre mission s'en est trouvée transformée.

Vivian s'arrêta et s'assit sur un tronc d'arbre couché, invitant Arthur à la rejoindre. À leurs pieds le lac débordait sur l'herbe desséchée par l'été passé, effaçant la frontière entre terre et eau.

— Cet homme savait beaucoup de choses. Il s'appelait Myrddin. C'était un barde, une sorte de musicien poète. Il avait été vendu dans son jeune âge comme serviteur et amuseur, mais lorsque son seigneur est mort sur le champ de bataille, il a fui la servitude et a trouvé refuge dans ma forêt.

Vivian rit à ces souvenirs.

— Il m'en causé du souci ! Je l'ai traqué pendant des jours et des nuits, et toujours il se jouait de moi. Finalement, lorsqu'il en a eu assez de supplicier mes nerfs, il s'est montré. Il était bien plus qu'un barde : c'était surtout un excellent druide, un des meilleurs. Sais-tu ce que sont les druides, Arthur ?

— Pas vraiment. Des sortes de sorciers ?

— Des guérisseurs, des êtres qui savent écouter la nature et lui demander son aide. À cette époque, les Celtes ne gouvernaient plus la Bretagne, mais les druides, même s'ils se cachaient, avaient encore beaucoup d'influence parmi le peuple. Myrddin, lui, était spécial. Il avait hérité un grand savoir de ses ancêtres. Avant ce que nous appelons le Grand Retrait, lorsqu'Obéron a fermé Esfaeria, le peuple de Dana a essayé de répandre ses connaissances parmi les hommes.

Seuls quelques-uns d'entre eux se sont montrés réceptifs et sont devenus par la suite les druides. Ils ont protégé notre savoir ancestral et l'ont transmis génération après génération à des jeunes gens capables d'en user avec sagesse, en secret.

Myrddin était de ceux-là. Il m'avait espionnée et compris que je n'étais pas de ce monde. Il m'a proposé un marché, ma protection contre son silence et sa compagnie. Tu imagines ! Après des siècles de solitude, voilà qu'un jeune impudent venait me provoquer. Je n'ai pas décoléré pendant plusieurs jours, et puis j'ai fini par céder. Il faut dire qu'il était très persuasif, ajouta-t-elle, visiblement émue.

Arthur lui jeta un regard interrogateur, mais Vivian continuait.

— Peu à peu, j'ai eu confiance en lui et lui ai dévoilé ma mission ainsi que ma vraie nature. Ses conseils furent précieux, il m'a aidée à aménager la bibliothèque, à classer les documents et les parchemins. Il passait des heures à lire et relire les manuscrits, tant et si bien qu'il a fini par les connaître mieux que moi. Mais le temps passait, et le jeune homme qui m'avait séduite devenait un homme, puis un homme mûr. Alors j'ai eu l'idée folle de lui confier mon pendentif pendant la nuit, lorsque la sirène Morgan prend le pas sur moi et que sa magie me protège. Je n'y croyais pas vraiment mais ça a bel et bien fonctionné ! Et même au-delà de mes espérances ! La Source l'a gardé en bonne santé pendant des siècles, tel qu'il était alors, un homme dans la force de l'âge, d'un grand charisme.

— Tu veux dire que l'énergie marche aussi sur les humains ? s'enthousiasma Arthur. Mais c'est dément ! Tu imagines si ça se savait ?

— Oui, en effet, mais Myrddin reste Myrddin, le seul à avoir essayé, et sûrement le seul assez fort pour le supporter… Cependant, même lui a ses limites, hélas, et même l'éternité ne suffit pas à ce type d'hommes. Lorsqu'il eut fait le tour de toutes les connaissances que les manuscrits pouvaient lui offrir, quand nous eûmes épuisé toutes les joies de notre complicité et partagé tous nos secrets, vint le temps de l'ennui. Ce fut à ce moment-là qu'il eut une idée qui changea le cours de notre histoire. En Esfaeria, Obéron et Titania avaient abandonné la mission, désormais ils se méfiaient des hommes. Après deux tentatives pour leur apporter l'imagination de la Source, soldées par deux retraits, ils n'y croyaient plus. Ils attendaient des jours meilleurs, mais Myrddin a réussi à les convaincre que ces temps étaient enfin arrivés.

— Tu veux dire qu'il a rencontré Obéron ? s'exclama Arthur, en Esfaeria ?

— Et bien oui, je t'ai dit qu'il pouvait se montrer très persuasif…

— Mais comment ?

— Il existait un grimoire au sein du Palais où je consignais chaque jour les événements arrivés, une sorte de rapport quotidien. Ce registre était relié à Esfaeria ; chaque fois que j'écrivais, de l'autre côté d'Avalon un livre semblable se remplissait. Le gardien de l'Île de la Connaissance, où repose le deuxième grimoire, transmettait au roi mes rapports lorsque quelque chose était digne d'attention. Ainsi mon peuple savait que tout se passait bien. Si je devais oublier, ou ne pas écrire durant plusieurs jours, alors ce serait le signe que la bibliothèque était en danger. Pendant des siècles ici, un temps qui n'a aucun sens en Esfaeria, rien de notable ne s'est produit, jusqu'au jour où le gardien a alerté Obéron qu'un message étrange était apparu sur le registre, un message en langage humain!

Vivian pouffa de rire à ce souvenir.

— Oh, sur le coup je n'ai pas ri, tu t'en doutes. Titania a piqué une de ses colères légendaires et est venue en personne au Palais de Cristal pour voir celui qui se permettait de la convier.

— Qu'est-ce que Myrddin avait écrit ?

— J'avais toujours refusé de lui enseigner la langue elfique, le langage originel d'Esfaeria. De toute façon aucun humain ne peut prononcer correctement ces sons, et encore moins l'écrire, trop compliqué, fit Vivian en agitant sa fine main en l'air. Alors il a simplement écrit en latin qu'il désirait voir Titania et lui proposer une alliance, qu'il était dommage de laisser tomber la mission et qu'il avait réfléchi à quelques améliorations. La réponse n'a pas traîné. Quelques heures après, ma Reine surgissait devant moi et je te prie de croire que je n'en menais pas large. Mais Myrddin a pris ma défense comme un gentleman. Il a réussi par je ne sais quel enchantement à calmer Titania et a obtenu une audience en Esfaeria, devant la cour.

— C'était malin, admit Arthur.

— Oui, Titania nous a ramenés sur le champ avec elle à Tara. Je ne sais pas ce qui s'est passé alors dans l'esprit de Myrddin, mais j'ai compris dès ce moment-là que je le perdrais un jour… Esfaeria l'a fasciné, il était sous son charme. Il n'a eu aucun mal à obtenir l'accord d'Obéron, lui-même était persuadé que des temps nouveaux arrivaient chez les humains. Les anciens ennemis, les Romains étaient vaincus, nous étions alors au milieu du Moyen-âge. Le peuple ressentait le besoin de se reconnecter avec ses origines et ses histoires légendaires.

Obéron a promis son soutien à Myrddin s'il lui prouvait que son plan pouvait fonctionner. Dès lors celui-ci n'a eu de cesse de parcourir la Bretagne et les terres saxonnes pour trouver un poète qui lui donnerait raison ; parfois au péril de sa vie car il partait loin de moi, se privant pendant de nombreuses nuits de mon pendentif. Son métabolisme reprenait alors le cours humain et vieillissait.

— Mais c'était quoi son plan ? demanda le garçon.

— Myrddin voulait reprendre la diffusion de l'imaginaire. Mais au lieu d'exposer à nouveau les nymphes aux humains, il pensait pouvoir transmettre lui-même assez de matière, grâce à sa grande connaissance des textes de la bibliothèque, à un poète assez doué pour en faire une nouvelle épopée et amener d'autres auteurs à suivre ses pas.

S'il réussissait, Obéron lui ouvrirait les portes d'Esfaeria, à lui et ses protégés pour qu'ils reçoivent l'inspiration nécessaire pour continuer à créer.

— Comme un professeur alors ? C'est pas bête, ça se tient.

— Au début du Moyen-âge, les auteurs de l'Antiquité étaient peu connus, tu sais, les manuscrits restaient difficiles à trouver, et très chers. Myrddin avait réalisé des copies et parcourait le pays à la recherche d'un poète doué. C'est en faisant escale dans un monastère qu'il a rencontré un jeune moine, féru d'histoire, Geoffroy de Monmouth. Mais les mythes grecs ne l'intéressaient pas du tout. Ce qu'il souhaitait, lui, c'était renouer avec ses ancêtres Bretons et Myrddin, en tant que barde, était une aubaine pour lui. C'est ainsi que tout a commencé. Geoffroy a donc inventé Merlin en se basant sur la vie de Myrddin, que l'on appelait aussi Merlinus le fou par ici, et les légendes ont suivi…

Arthur bondit.

— Tu veux dire que Myrddin, c'était Merlin ? LE Merlin ? Non !!

Vivian haussa les épaules en souriant.

— Que veux-tu ? Les héros grecs et les récits mythologiques n'intéressaient plus personne. Il fallait trouver de nouveaux personnages, que le peuple puisse s'approprier. Ainsi sont nés les chevaliers, les fées… j'ai moi-même donné mon nom à l'une d'entre elles. Nos vies et la fiction étaient étroitement mêlées. Myrddin, ou plutôt Merlin, a rencontré d'autres auteurs qui ont fait fructifier sa légende et Obéron a tenu parole.

— Ils sont allés en Esfaeria ? s'exclama Arthur, à présent fasciné.

Autant les légendes de l'Antiquité le laissaient de marbre, autant l'épopée de Merlin, avec la table ronde, les chevaliers, la quête du Graal, avaient peuplé son enfance. Apprendre que Vivian et son ami avaient créé ces histoires le déroutait. Mais il voulait tout savoir. Il aurait dû fuir, sa raison lui dictait qu'il ne pouvait absorber plus d'absurdités, mais sa curiosité prenait le dessus. Et une étrange exaltation aussi. Le sentiment d'appartenir profondément à l'histoire, aussi incroyable soit-elle.

— Le plan de Myrddin était parfait, reprit Vivian, les muses et les nymphes restaient en sécurité en Esfaeria. C'était seulement lui qui sélectionnait les auteurs dignes de les rencontrer, en échange d'un silence absolu sur l'origine de leur récit. De toute façon, tout ce qu'ils pouvaient écrire sur Esfaeria passait pour des légendes aux yeux des humains. Même si l'un d'entre eux avait clamé la vérité, personne ne l'aurait cru, tant le mythe de Merlin fut facile à implanter dans l'imaginaire du peuple.

D'autres auteurs ont suivi, sans connaître Myrddin, car tous ne passaient pas par ici. Les récits se sont nourris les uns des autres, et ainsi Myrddin a prouvé ce que Nausicaa avait déjà pressenti en Grèce: que l'imagination pouvait se régénérer d'elle-même.

Pendant cette période le lieu a repris vie. Tu te doutes bien que je ne pouvais emmener tout ce monde dans le Palais de Cristal ; les protégés de Myrddin se sont donc installés au château. Ah, j'en ai vu défiler des poètes et des godelureaux en quête de gloire ! Mais tous les textes n'ont pas passé l'épreuve du temps, beaucoup se sont fondus en légendes et en contes populaires. Je me souviens, il y a eu Geoffroy bien sûr, puis Chrétien de Troyes, Jehan Bodel, Robert de Boron, Rutebeuf, les Anglais aussi, Wace, Geoffroy Chaucer, John Lydgate… tellement de poètes !

Mais Myrddin vieillissait. Malgré le pendentif, il ne pouvait durer éternellement, il restait humain. Alors il a pris la décision la plus difficile de sa vie, celle de rejoindre Esfaeria pour de bon. Là-bas, au contact direct de la Source, il resterait tel qu'à son arrivée, un vieil homme certes, mais encore énergique. Et puis son personnage de Merlin devenait de plus en plus dur à canaliser ; il était devenu sorcier, mage, fils du diable, et j'en passe… encore aujourd'hui on parle de lui et on lui prête bien des visages. La preuve sans doute du succès du subterfuge de Myrddin.

Un jour de 1250, il a passé le flambeau à Robert de Boron, puis il est parti. La légende l'a rattrapé ; à l'endroit de son passage de Brocéliande en Esfaeria, où Titania lui a ouvert un portail, certains viennent encore porter des couronnes de fleurs, comme sur un tombeau. On prétend que je l'aurais enfermé là pour l'éternité... d'une certaine façon, c'est un peu vrai.

Les yeux perdus dans le vague, Vivian soupira.

— Nous avons vécu plus de six siècles ensemble. Son départ fut d'une cruauté sans nom pour moi, mais c'était le prix à payer pour préserver ma mission. Et puis qui sait, peut-être un jour pourrais-je à mon tour rejoindre Esfaeria ?

— Mais pourquoi tu n'es pas partie avec lui ?

— Oh, ma place était ici. Nous le savions tous les deux. Il fallait continuer à protéger tout ce que nous avions bâti, à cette époque plus que jamais. L'imaginaire reprenait vie chez les humains, ce fut une période passionnante. En hommage à Myrddin, Robert de Boron a décidé de donner son nom à celui qui serait son successeur : ainsi est née la « Guilde des Merlins ». Chaque Merlin était choisi par son prédécesseur, présenté à Myrddin en Esfaeria, et se voyait confier la dure tâche de diffuser l'imagination parmi les hommes, de repérer les talents et les faire fructifier.

Arthur frémit.

— La Guilde, c'est le nom qu'a utilisé Archie, au Palais de Cristal, ceux qui recueillent les livres...

— Oui, ils continuèrent la mission de Myrddin pendant des siècles, toujours en secret. Bientôt, la Geste de Merlin et les légendes celtiques ne furent plus les seules sources d'inspiration. Les anciens écrits de Grèce et d'Égypte ou même de Rome, revinrent à la mode et donnèrent naissance à leur tour à de nouvelles légendes et épopées.

Toutes ne parlaient pas non plus d'enchanteurs, de fées, ou de créatures imaginaires. L'important était de créer des récits, avec des héros divers. Les rois, les seigneurs français sont à leur tour devenus des personnages d'aventures. La vie réelle se mêlait à l'inspiration.

Lorsque Merlin est parti, il y avait trois grandes familles de récits. Ceux qui continuaient la tradition grecque, avec les poètes latins chers à notre cœur, comme Virgile. Ensuite il y a eu des chansons, des sortes de légendes, dont les héros étaient proches du roi. Tu dois connaître la Chanson de Roland, c'en est un bel exemple. Et enfin, il y avait les légendes celtes qui se sont formées autour du mythe de Merlin, puis du roi Arthur, et ont donné le cycle arthurien.

— Ah, oui, ça je connais…

— Voilà, je t'ai tout dit, tu peux mesurer le travail accompli. Merlin a réussi son pari. Depuis le Moyen-âge, des centaines d'auteurs ont puisé dans ces trois sources, ces trois matières, pour créer à nouveau ; la Guilde des Merlins a toujours été là pour les soutenir, leur donner accès aux livres et aux archives, les guider. Les Merlins ont changé au fil des siècles, certains ont eu des carrières très remplies, mais tous ont gardé le secret sur le Palais de Cristal et Esfaeria. Chacun à leur tour, ils ont quitté ce monde mais ne sont pas morts. Comme Myrddin, ils ont été accueillis en Esfaeria, et continuent leur mission depuis là-bas.

— Quoi, tu rigoles ? Tu veux dire qu'ils sont tous passés de l'autre côté et sont encore vivants ?

À l'expression sidérée d'Arthur, Vivian rit de bon cœur.

— Mais oui ! Ils l'avaient bien mérité après avoir gardé le secret toute leur vie. Obéron a tenu parole, ils sont venus en Esfaeria chercher l'inspiration à la Source pour eux et pour leurs protégés, et sont revenus pour être utiles à la cour. Ils ont simulé leur mort dans ce monde, souvent dans des circonstances étranges. Ils forment maintenant le Conseil des Sages et aident la Source à s'adapter aux besoins de chaque époque.

— Qui par exemple ? demanda Arthur, qui comprenait maintenant de quoi parlait Archibald avec sa Guilde des Merlins.

— Oh, il y en a eu beaucoup, depuis Robert de Boron, le premier Merlin après Myrddin, jusqu'à James Barrie, le dernier. Mais tu connais sans doute Charles Perrault, les frères Grimm, ou encore William Shakespeare, non ? Je te montrerai la liste si tu veux.

— Dément ! s'exclama Arthur. Alors là, plus fort que les farfadets ! Oh pardon, Pillwiggyn, je ne voulais pas te vexer.

Le familier couina et se mit à rire, rejoint par Vivian. Arthur semblait soufflé par la révélation, il imaginait une sorte de paradis où tous les auteurs célèbres seraient réunis, et rit à l'unisson de ses amis.

— Mais ne va pas croire que tous les écrivains et artistes sont là-bas, reprit Vivian. Seuls les Merlins ont eu accès au Conseil. Beaucoup d'auteurs ont travaillé en profitant de l'imagination créée par la dynamique de la Source, mais sans jamais en connaître l'origine. Les Merlins restaient discrets, ils écrivaient des textes novateurs en eux-mêmes et ouvraient des chemins inédits pour leurs contemporains. D'ailleurs la plus belle réussite de la mission est sans conteste le conte de fées.

C'est Charles Perrault qui le premier a vu le potentiel de ce type de récit, qui condensait les légendes passées de mode et le merveilleux cher à notre monde. Il en a collecté beaucoup et inspiré d'autres. Finalement, c'est sans doute le conte qui a le mieux survécu et reste le préféré de la Source. Ce n'est pas un hasard si aujourd'hui Dana continue à le soutenir à travers Neverland. Le conte de fées est revenu à la mode et contient la mémoire la plus vivace. C'est dans le conte que l'imagination d'Esfaeria circule le mieux et que l'on peut aisément cacher des vérités essentielles. Mais je laisserai mes sœurs t'expliquer cela, soupira Vivian, je t'ai assez ennuyé avec mes vieilles histoires. D'ailleurs, je crois que Pillwiggyn en a assez de m'entendre.

Le familier avait sauté dans l'herbe et s'étirait en baillant ostensiblement ; les grognements sourds venus de son ventre étaient suffisamment explicites.

— Allez, tu as faim mon vieux, s'écria Arthur. Moi aussi d'ailleurs.

Précédés par Pillwiggyn qui fila en courant, Arthur et Vivian jetèrent un dernier regard au lac qui abritait le Palais de Cristal, à nouveau invisible sous les flots, et prirent à leur tour le chemin qui serpentait à travers les joncs jusqu'aux douves du château.

Arthur restait silencieux, dans son esprit flottaient les noms prestigieux des auteurs du Moyen-âge, se mêlant aux récits de chevaliers, à la légende de Merlin. De tout ce que lui avait dévoilé Archie et maintenant Vivian, c'était ce qui le fascinait le plus.

Merlin le plus grand des magiciens, le mythe absolu, avait bel et bien existé et vivait peut-être encore en Esfaeria… Il se promit de se renseigner dès que possible.

En une matinée il lui semblait avoir vieilli de dix ans, cette fois-ci, il laissait vraiment son enfance et ses illusions derrière lui. En grimaçant il avisa le château où désormais il était assigné à résidence.

Un château digne d'un conte médiéval, abritant une princesse endormie et protégé par une sirène, refuge pour un adolescent qui s'avérait fils de fée, petit-fils d'une reine légendaire, héritier d'un royaume invisible, poursuivi par un ectoplasme flippant et son armée de drones grinçants, entouré d'une famille surnaturelle, pris en affection par un farfadet, le tout sur fond de mission millénaire menée par une société secrète.

Mais Arthur ne retenait qu'une seule chose. Merlin existait.

La magie l'attendait.

Archives secrètes d'Esfaeria
parchemin n°548622120
Liste des Merlins
(Propriété de la Guilde)

Merlin	1150	
Geoffroy de Monmouth	1150-1155	La vita Merlini
Wace	1155- 1174	Le roman de Rou et de Brut
Chrétien de Troyes	1174-1191	Lancelot ou le chevalier de la Charette
Jehan Bodel	1191-1210	Fabliaux
Robert de Boron	1210 - 1220	Le Roman de Merlin
Eudes de Cheriton	1220-1247	Fables
Thibaut 1er de Navarre	1247-1253	Chansons
Rutebeuf	1253-1285	Poèmes
Adenet le Roi	1285-1300	Poèmes
Dante Alighieri	1300-1321	La Divine Comédie
Watriquet de Couvin	1321-1330	Poèmes
Boccace	1330- 1375	Poèmes
Geoffrey Chaucer	1375-1400	Les contes de Canterbury
John Lydgate	1400-1451	Le Décaméron
François Villon	1451- 1463	Poèmes
Georges Chastelain	1463- 1475	Poèmes
Léonard de Vinci	1475- 1519	Codex
Abstémius	1519 -1540	Poèmes d'Esope
Giovanni Straparola	1540-1558	Contes de fées
Montaigne	1558-1592	Poèmes
Edmund Spencer	1592-1599	La Reine des Fées
Shakespeare	1599-1616	Le Songe d'une nuit d'été
Giambattista Basile	1616-1632	Contes de fées
Jean Rotrou	1632-1650	Poèmes
Jean de la Fontaine	1650-1695	Fables

Charles Perrault	1695-1703	Les contes de ma mère l'Oye
Mme d'Aulnoy	1703-1705	Contes
Antoine Houdar de la Motte	1705-1731	Fables
Jonathan Swift	1731-1745	Les voyages de Gulliver
Mme de Villeneuve	1745-1755	La Belle et la Bête
Bernard Le Bovier de Fontenelle	1755-1757	Fables
Mme de Beaumont	1757-1780	La Belle et la Bête
Jean Pierre Claris de Florian	1780-1794	Fables
Carlo Gozzi	1794-1806	Fables
Mme de Lintot	1806 - 1816	Contes de fées
Chevalier de Mayer	1816-1825	Contes de fées
Goethe	1825-1832	Poèmes
Charles Nodier	1832-1844	La Fée aux miettes
Wilhelm Grimm	1844-1859	Contes
Hans Andersen	1859-1875	Contes
Guy de Maupassant	1875-1893	Nouvelles et contes
Mark Twain	1893-1910	Tom Sawyer
Frances Hodgson Burnett	1910-1924	Le petit lord Fauntleroy
JRR Tolkien	1924-1930	Le Hobbit
Walt Disney	1930-1935	Dessins animés
JM Barrie	1935-1937	Peter Pan

Remerciements

Mes pensées vont vers ceux qui m'ont accompagnée sur la route d'Esfaeria, ma Guilde personnelle de magiciens et de fées :

À mon père et ma mère, ma Source : soyez remerciés pour m'avoir transmis l'amour des livres et des histoires.

À ma sorcière bien aimée de sœur, Martine : chapeau bas pour tes conseils précieux.

À mes Muses, premières lectrices et indéfectibles amies, Alexandra M., Catarina B. et Florence C.N. : apparition de bouquets de fleurs, jaillissements d'étoiles pour vos encouragements et votre soutien à toute épreuve,

À ma bonne fée, Gaëlle Perrin-Guillet : tonnerre d'acclamations pour ta prophétie et ton aide (tu la caches où, ta baguette magique ?).

À mes bons génies éditeurs, David Lecomte et Gaylord Kemp, ainsi que toute leur équipe : merci du fond du cœur.

Ce livre est dédié à mes deux Merlins :

Émilien, mon mage aux supers pouvoirs de protection et d'apaisement,

Emilio, mon p'tit magicien. Qu'Arthur et ses amis t'accompagnent sur le chemin de tes rêves, première étoile à droite et tout droit jusqu'au matin !

L'auteur :

De formation littéraire, Cendrine Nougué est passionnée par les contes de fées, les récits archétypaux et leurs sources d'inspiration, des grands classiques français et anglo-saxons, en passant par la fantasy et l'univers steampunk.

Sous le nom de Lady Calliopé, elle est chroniqueuse pour frenchsteampunk.fr et le blog de littératures jeunesse lesétoilesmécaniques.com

« La guilde des Merlins » est son premier roman.

Achevé d'imprimer en août 2016
sur les presses de la Nouvelle Imprimerie Laballery
58500 Clamecy
Dépôt légal : août 2016
Numéro d'impression : 606397

Imprimé en France

La Nouvelle Imprimerie Laballery est titulaire de la marque Imprim'Vert®

La magie vous attend dans le tome 2 de
La guilde des Merlins :

L'Héritier

Une enfance compliquée,
Un père alcoolique

Mathieu C.

Une enfance compliquée,
Un père alcoolique

Publication Mathieu Chapalain 2020

Edition : Mathieu Chapalain – Finistère

Dépôt légal : Juillet 2020

TABLE DES MATIÈRES

Je vais vous raconter mon histoire, une histoire vraie…

NOTE DE L'AUTEUR

Un récit de vie comporte des faits réels, avec tout ce que cela a d'intime et de vrai.

C'est cette intimité que je vous révèle, celle que j'ai vécue.

Si elle devait choquer, je m'en excuse, car je ne souhaite blesser personne à travers ce témoignage.

Dans ce livre, je vous raconte la vie que j'ai eue de mon enfance à aujourd'hui. J'ai choisi de la partager avec vous, car elle met en lumière un grave problème de santé publique ; l'alcoolisme.

Je vais vous parler de mon père, mort le vendredi 13 novembre 2015… Trop jeune…

PRÉFACE

Mes parents se sont mariés en 1994 à Douarnenez, chez les « *pen sardines* », comme certains le disent.

Ma mère, qui s'appelle Michèle, avait une crêperie à Douarnenez. Elle était installée sur le port pendant quatorze ans. Mon père, Daniel, travaillait dans l'entretien extérieur d'un centre hospitalier.

En 2000, ma mère vend son commerce, et, en 2001, elle s'installe comme crêpière sur les marchés (afin d'être plus disponible pour la famille). Effectivement, les soirs elle pouvait venir me chercher à l'école et m'aider à faire mes devoirs.

Moi, c'est Mathieu. Je suis né 20 décembre 1996 à Douarnenez, vers 21 h 30. J'étais l'un des derniers bébés à être né dans cet hôpital.

Un jour, ma maman, m'a confié que lorsque mon grand-père maternel a su mon prénom, il a chanté « Y'a qu'un cheveu sur la tête à Mathieu ».

Les mois ont passé, je me sentais bien, je grandissais bien. Mais un jour, vers mon sixième mois, je me suis mis à faire des crises de convulsion de température. Il s'agit d'une montée de fièvre qui fait perdre connaissance. Mes parents avaient appelé le SAMU, afin de me prendre en charge. Je suis resté quelque temps à l'hôpital, où j'ai pu faire de nombreux examens et être sous surveillance. Toutefois, je suis rentré chez moi et un traitement m'a été prescrit jusqu'à mes 6 ans.

MON ENFANCE ET ADOLESCENCE

Ça y est ! Premier jour d'école, aujourd'hui. Je rentre en maternelle. J'ai bientôt 3 ans.

Le temps passe… J'ai vécu une grande section difficile du fait de mon traitement médical lié à mes convulsions. Cela me faisait beaucoup dormir. Je n'ai pas pu avoir mes acquis pour entrer au CP. J'ai donc fait deux grandes sections.

Je ressentais toujours, en moi, un sentiment de stress, une pression sans même savoir pourquoi.

À partir de mes 7 ans, mes parents m'ont inscrit dans un club de foot sur Plomelin. Le club n'était pas loin de la maison ; cinq minutes de voiture, car j'habitais dans la même commune. Cependant, chaque fois que j'y allais, même si j'aimais le football, j'étais très stressé, sans savoir pourquoi.

À l'âge de 8 ans, j'ai pris des cours de violon, et ce, jusqu'à mes 12 ans. J'ai fait des auditions en public qui m'ont aidé à gérer mon stress.

Dans la même année, j'ai vu que quelque chose n'allait pas avec mon père. Quelques fois, il rentrait tard et allait dormir sans nous dire bonjour ni prendre le repas avec nous. Il y avait quelque chose qui était étrange ; il avait une odeur inhabituelle, qui sentait fort. Ces journées se sont répétées et, très vite, la vie à la maison a changé. Quand il était alcoolisé, il me disait : « Tu es un nul, tu n'arriveras jamais à rien ». J'étais tout le temps rabaissé. Entendre cela de son propre père, à mon âge, faisait très mal et cela ne s'oublie pas. Je ne pouvais jamais recevoir mes copains à la maison, car je ne savais pas comment serait mon père, et comment il pouvait se comporter.

J'approchais de mes 9 ans, mon père s'était fait soigner pendant deux mois. Malheureusement, la situation ne s'était pas arrangée.

Toujours dans la même année, un soir, j'ai entendu mon père rentrer alcoolisé. Ma mère, fâchée, lui a confisqué ses clefs pour qu'il ne reprenne pas la voiture. Il a commencé à s'énerver, à faire des grands gestes et à prendre le bras de ma mère qui se tenait près de l'escalier. En l'entendant crier « Au secours ! », je suis sorti directement de ma chambre. J'ai pris l'initiative d'appeler les gendarmes et j'ai saisi un manche à balai pour protéger ma maman. Je lui ai porté un coup dans les parties intimes. Il est parti dans sa chambre à l'étage et m'a dit : « Toi, à tes 18 ans, je te coincerai et je te casserai la gueule au coin d'une rue ». Ça m'a fait très mal d'entendre cela de mon propre père, même si je savais qu'il n'était pas dans son état normal !... J'avais peur ! Quinze minutes plus tard, les gendarmes sont arrivés. Ils l'ont auditionné, et il leur a dit : « Mon fils m'a tapé avec un balai ». Les gendarmes n'ont pas réagi, car ils comprenaient bien la situation. Ma mère n'a pas porté plainte, car elle pensait qu'après cette histoire, la situation allait s'arranger.

Ce jour m'a beaucoup marqué, et l'intervention de la gendarmerie nationale chez moi m'a fait prendre conscience que c'était le métier que je voulais exercer plus tard. Je ne vais pas vous cacher que c'est l'uniforme qui m'a donné envie, leur attention, leur écoute et bien sûr, le fait de voir la voiture, car à mon âge, je ne savais pas ce que c'était exactement d'être un gendarme.

Un an plus tard, j'ai 10 ans.

Un dimanche soir, je dinais avec ma mère dans le salon. Je m'en souviens comme si c'était hier. Nous mangions des raviolis, en regardant Zorro sur France TV. Sur les coups de vingt heures, le téléphone portable de ma maman sonna. C'était la gendarmerie qui annonçait à ma mère que mon père venait de causer un accident à l'entrée du bourg de Plomelin. Il était alcoolisé avec 2.90 gr dans le sang. Quelle chance qu'il n'y ait pas eu de dommages corporels ! Uniquement des dégâts matériels. Des jeunes avaient alerté les gendarmes, et avant leur arrivée, ils avaient pris les clefs du véhicule pour ne pas que mon père reparte. Heureusement qu'il n'y a pas eu de blessés, car, étant son fils, je me serais senti mal toute ma vie.

Quand ma mère a annoncé cela, je n'y croyais pas. Les raviolis que je venais d'ingérer ont fait l'aller-retour, car mon niveau de stress est monté en flèche. Ma mère a dû se rendre à la gendarmerie, car mon père avait des traitements médicaux à prendre. Elle ne voulait pas que je reste seul à la maison, alors je l'ai accompagnée. Arrivé là-bas, je suis resté dans la voiture. Mon père était en cellule de dégrisement… Il a passé la nuit là-bas. Nous sommes rentrés à la maison. Elle était désespérée et ressentait une sorte de honte aussi. Cependant, nous n'en doutions pas, cela devait arriver un jour.

Les jours qui ont suivi, j'allais à l'école avec mes voisins. Évidemment, mon père s'était fait retirer son permis et sa voiture était cassée. Plus utilisable. Du coup, il allait au travail à vélo.

Ma mère lui a laissé une seconde chance. Parce qu'après avoir discuté avec des psychologues spécialisés dans l'alcoologie, mon père avait dit : « Si je perds ma femme et mon fils, je ne m'en sortirai jamais. »

Il est parti faire une cure de six mois. J'espérais vraiment que ça sauverait notre famille, mais, malheureusement, les jours qui ont suivi son retour de cure n'ont pas changé des précédents…

À la suite de cela, maman a entamé une demande de procédure de divorce.

En 2007, elle a eu gain de cause. J'ai 11 ans. Je suis parti avec elle dans un autre quartier assez récent. Mon père est parti vivre chez ses parents. Je n'aimais pas aller là-bas, je n'y étais pas à mon aise. Mon grand-père paternel me faisait peur. Il me faisait penser à un ours.

Une nouvelle vie commence pour ma maman et moi !

Quinze jours après notre déménagement, mon père est venu à la nouvelle maison, un après-midi, mais nous n'étions pas là. Le voisin l'a interpellé gentiment et lui a dit que nous étions absents. Il nous a raconté, par la suite, qu'il avait une carabine. Le lendemain, quand il était au travail, maman est allée à l'ancienne maison qui était mise en vente. Elle a vu cette fameuse carabine et s'est rendue à la gendarmerie qui lui a conseillé de porter plainte. Ce qu'elle a fait. La semaine suivante, mon père a été convoqué et s'est justifié en disant que c'était juste pour nous faire peur. La gendarmerie a conseillé à ma mère de récupérer et de garder l'arme. Plus tard, mon père est passé au tribunal, avec interdiction d'approcher de la maison où nous habitions.

Depuis ce jugement, plus de nouvelle et tant mieux ! J'étais plus à l'aise.

*

*   *

Ma scolarité au collège a été compliquée. J'étais une personne très timide qui manquait grandement de confiance en elle, et le stress n'arrangeait pas les choses. J'ai fait deux sixièmes.

Je pense que j'ai été responsable de mon redoublement, car je ne me sentais pas bien, je n'étais pas fier de la vie que je menais. Lorsque mes camarades de classe me demandaient ce que mon père faisait comme métier, je leur répondais qu'il était gendarme. J'avais trop honte de leur dire que c'était un alcoolique. Je trouvais que le métier de gendarmes est gratifiant et honorable, c'est pour cela que je cachais la vérité. C'était aussi le métier que je voulais faire. Tout cela me rendait fier, mais malheureusement, ils ont vite compris que je mentais. Ce mensonge m'a coûté deux bons copains. Mais quelque part, pour moi, c'était un soulagement de dire cela, même si ce n'était pas la vérité.

Ma deuxième sixième et ma cinquième se sont très bien passées. J'avais de bonnes notes. J'ai toujours eu un bon comportement. Malheureusement, la quatrième a été la pire année. Je me faisais harceler moralement. J'étais quelqu'un de très renfermé, donc une proie facile… Les autres ne l'acceptaient pas et se sont défoulés sur moi. Je me faisais insulter de « pue de la gueule ». Ils me disaient constamment : « ton manteau, tu l'as trouvé dans une poubelle », et ils me crachaient dessus. Je me souviens, afin qu'ils soient plus gentils et qu'ils arrêtent de m'embêter, je leur donnais des bonbons. Bien sûr, quand j'arrivais avec les bonbons, ils devenaient « de grands copains », mais, dès que le moment était passé, ils recommençaient de plus belle. J'espère que ces personnes se reconnaitront et réfléchiront à leurs actes et au calvaire qu'ils m'ont fait vivre.

À cause de cet environnement toxique, tous les matins j'angoissais. J'avais peur d'aller à l'école. Je ne voulais plus y mettre les pieds. Je m'enfermais dans les toilettes, dans la salle de bains qui se trouvait à côté de ma chambre pour ne pas m'y rendre. Ma mère, inquiète, m'a emmené chez le médecin qui a tout de suite compris que c'était l'angoisse d'aller au collège qui me posait un problème. Elle ne comprenait pas que, du jour au lendemain, je sois comme ça.

Plus tard, dans l'année, ma maman a décidé d'appeler le collège pour comprendre ma situation. C'était un mercredi, je m'en souviens. J'avais discuté avec elle et je lui ai dit pourquoi j'avais peur.

Le jour même, dans l'après-midi, j'avais rendez-vous avec ma mère, le directeur et son adjoint au collège. Ça a été très éprouvant. J'ai pleuré durant le rendez-vous en expliquant la raison pour laquelle je ne voulais plus venir. Le directeur et son adjoint étaient très à l'écoute. Ils m'ont fait promettre de venir en cours le lendemain et m'ont promis qu'ils veilleraient sur moi.

Le lendemain, je ressentais encore ce sentiment de stress. Les deux personnes concernées ont été convoquées, puis sont venues me voir pour s'excuser.

Deux mois plus tard, ma vie au collège se passait mieux. Est venu, alors, le moment de choisir son stage en entreprise. Convaincu de ma vocation, j'ai choisi de le faire en gendarmerie. J'étais super content de mon stage ! Je me suis senti dans mon élément. Je me rappelle avoir utilisé un radar, porté la tenue d'intervention avec le casque. Ce stage m'a beaucoup appris sur ce métier. Je sais maintenant ce que c'est d'être un gendarme.

Durant cette troisième année, j'ai consulté un magnétiseur pour mes problèmes d'angoisse. J'ai effectué trois séances et cela m'a beaucoup aidé. Il me massait les pieds en me faisant écouter une musique douce et reposante, et son fluide a atténué ces foutues angoisses. Je me sentais soulagé. J'ai eu mon diplôme national du brevet des collèges avec mention « Assez bien ».

Dans les années 2013, 2014, j'ai fait ma rentrée au lycée Saint-Gabriel à Pont-L'Abbé. J'ai fait un Bac professionnel « Conducteur transport routier de marchandises ». En Seconde, j'ai obtenu mon code du premier coup, le jour de mon anniversaire ! Puis, j'ai passé mon permis véhicule léger (permis B) que j'ai obtenu au bout de trois fois, à cause du stress. En Première, j'ai eu le permis poids lourd (PL) du premier coup, et en Terminale, le super poids lourd (SPL) du premier coup aussi.

LE JOUR OÙ TOUT A BASCULÉ

Un samedi 14 novembre 2015

Il est 6 heures du matin, c'est l'heure de se lever. Chaque samedi, je travaille la matinée dans une entreprise de transport en tant qu'agent de quai, pour me faire un peu d'argent de poche. Je regarde mon téléphone, avec l'application d'un journal quotidien, comme chaque matin, pour suivre l'actualité avant de me lever et enchainer la journée. Je lis un article qui annonce « Quimper : Le corps d'un homme sans vie, découvert par un passant sur les bords de l'Odet. » J'ai lu l'article, je me suis dit : « Encore ! Depuis quelque temps il y a beaucoup de décès à cet endroit. »

Je me suis levé et ma mère, qui essayait de dormir dans la chambre d'en face, m'a entendu et m'a demandé « ça va Mathieu ? » Je lui ai répondu que « oui », d'un air étonné, car je trouvais cette question bizarre. En plus, je ne m'attendais pas à ce qu'elle soit réveillée. Elle me dit : « Viens-là, j'ai quelque chose d'important à te dire ». Je me suis dit : « À six heures du matin ?! C'est urgent, qu'est-ce qui se passe ? » Ma mère m'annonce : « Hier soir, ta tante m'a téléphoné pour m'annoncer que ton père est décédé. Il a été retrouvé mort dans l'Odet à Quimper… » Grand moment de silence, je suis abasourdi. Je trouvais cela d'autant plus étrange qu'elle n'avait plus de contacts avec la famille de mon père depuis sa séparation, mais ce n'était pas ma première préoccupation.

Je voulais en savoir plus. Je suis rentré dans sa chambre, et je lui ai demandé comment cela s'était passé. « Comment est-il décédé ? » Elle m'a répondu : « Il a été retrouvé mort dans l'Odet à Quimper. Son corps écorché. »

Comme c'était un accident sur voie publique, la police devait ouvrir une enquête. L'hypothèse était qu'il avait fait une mauvaise chute en passant par-dessus un muret avec son vélo, mais ce pouvait être autre chose aussi. Une autopsie serait faite durant le week-end.

Ma tante avait dit à ma mère que je devais me rendre à la mairie, le lundi suivant, pour déclarer son décès. (Alors que ce n'était pas à moi d'y aller, car il habitait chez ses parents). Mais je me suis exécuté. Ensuite, il a fallu que j'aille au commissariat pour les besoins de l'enquête. La piste criminelle n'était pas écartée.

Mes sentiments ont été très partagés. Je ressentais un mélange de stupéfaction, de tristesse et de colère. Je dis à ma mère qu'un article dans le journal informait qu'un homme a été retrouvé mort dans l'Odet. Le verdict a été sans appel, maman a confirmé que c'était bien lui. Je n'y croyais pas. J'ai regardé l'article plusieurs fois de suite. Je m'en doutais qu'un jour, il allait avoir un accident de vélo, mais quand ? Cela restait un mystère, mais jamais je n'aurais pensé que ce serait si tôt.

J'étais choqué parce que c'était mon père et parce que je ne l'avais pas vu depuis mes 11 ans… Mais je ressentais un « ouf » de soulagement.

La journée ne s'est pas arrêtée. J'ai fait ma toilette. Je suis descendu en n'arrêtant pas de penser à l'accident. Arrivé en bas, je me suis assis dans le fauteuil et j'ai relu l'article en imaginant le scénario.

À 6 h 50 du matin, je suis parti au travail. J'allais jusqu'à Rosporden avec ma Super cinq. C'était la première fois que je trouvais la route si rapide, car je ne cessais pas de penser à l'accident de mon père. Surtout à l'état dans lequel son corps devait être…

Arrivé au travail, je me sentais un peu mieux. La vue des collègues et l'occupation m'ont fait penser à autre chose. Je n'ai jamais parlé de la mort de mon père au travail. Je pense que le fait de parler à d'autres personnes de choses différentes me faisait du bien.

La matinée est passée et, sur les coups de 12 h 30, j'ai quitté mon lieu de travail pour aller à la maison rejoindre ma maman.

Je m'en souviens très bien. C'est comme si c'était hier. La première question que je lui ai posée quand je suis arrivé, c'était : « Est-ce que papa avait bu ? » Mais elle m'a répondu : « Ce n'est pas la question Mathieu, c'est ton père quand même. » Je la comprends.

Ensuite, je suis parti dans ma chambre pour m'allonger. Je recevais plein de messages de soutien de mes amis. Notamment Marie et Delphine, que je considère comme mes grandes sœurs de cœur. Je peux discuter de tout et n'importe quoi avec elles. Elles sont toujours à l'écoute et m'ont rendu de nombreux services, comme, par exemple, m'amener à des rendez-vous. Je les en remercie encore aujourd'hui.

Cela m'a réconforté, mais je ressentais de la colère, car j'aurais aimé avoir un « vrai père » qui prend soin de lui et de sa famille.

Le lendemain après-midi, vers 14 heures, le téléphone fixe de la maison sonna. Cela m'étonna, car ce téléphone sonnait très rarement. Ma mère a donc décroché. C'était la mère de mon père. Oui, je dis cela, car ce n'est pas une grand-mère pour moi. Je peux paraitre dur dans mes mots, mais il faut remettre les choses dans leur contexte. À partir du moment où mon père a commencé à s'alcooliser, les relations avec ma famille paternelle ont changé, car ils étaient dans le déni. Lorsqu'ils ont dû se rendre à l'évidence, tout était la faute de ma mère, selon eux. Ils ne supportaient pas que ma maman parle de l'alcoolisme, ce qui a dégradé nos relations. Sa mère était en pleurs au bout du fil, et c'est tout à fait normal. Elles ont discuté des modalités pour mes rendez-vous du lundi à la mairie et à la police.

Dix minutes plus tard, ma grand-mère voulait me parler. J'ai donc pris le téléphone et la première question que j'ai eue, c'était : « Comment ça va ? Qu'est-ce que tu fais maintenant ? Tu études ou tu travailles ? » Ça peut paraitre étrange comme question au vu des circonstances, mais je ne leur donnais plus de nouvelles depuis la séparation. Je lui ai répondu : « Non, je ne travaille pas trop en ce moment, je fais un Bac professionnel ». Elle m'a répondu : « C'est bien, tu es à la bonne école alors. » Puis là, vint la question tant attendue : « Iras-tu aux obsèques la semaine prochaine ? » J'ai hésité à répondre, car ce n'était plus mon père pour moi, mais j'ai quand même dit un petit « oui » sans être affirmatif. Je lui ai demandé : « Est-ce qu'il avait bu de l'alcool ? » « De toute façon, s'il était devenu comme ça, c'est de ta faute et celle de mère », a-t-elle répondu. J'ai raccroché.

Suite à cette conversation, j'ai discuté avec ma mère, car je ne voulais plus trop y aller, mais, après tout, je verrais lundi ce que le policier me dirait et ma réponse définitive serait en fonction de ce rendez-vous.

Durant ce week-end, je n'ai pas fait grand-chose. Je suis resté la plupart du temps dans le salon à regarder la télé. Ma mère avait envoyé un mail à ma professeur principal pour expliquer ma situation et mon absence de lundi.

Le week-end passe…

Lundi 16 novembre

8 heures, mon réveil sonne. Je me lève, me prépare. La routine du matin, quoi. J'avais peu dormi. Je descends les escaliers pour me rendre dans la cuisine et dire bonjour à ma maman. Je prends un verre de jus d'orange bien frais et je lui dis que ça me

fait bizarre de me rendre à la mairie pour annoncer la mort de mon père. Jamais, je n'aurais pensé, un jour, que je m'y rendrai pour annoncer ce genre de nouvelle si tôt.

9 heures, ma mère et moi arrivons à la mairie. Nous sommes un peu perdus, car nous ne savons vers quel guichet nous diriger. Une dame nous interpelle et nous demande « Que puis-je faire pour vous ? » Ma mère dit « Nous venons annoncer le décès de son papa. » Nous avons donc fait les démarches et récupéré l'acte de décès. Ce fut un moment très difficile. Mes sentiments étaient toujours partagés.

9 h 45, nous sortons de la mairie pour aller au commissariat de police non loin de là.

Peu avant 10 heures, nous sommes arrivés et j'annonce à l'accueil que j'ai rendez-vous avec un certain Monsieur (je ne citerai pas le nom) pour le décès de mon papa. La personne nous a dirigés dans une salle d'attente à l'étage.

Quelques minutes plus tard, ce Monsieur arrive et nous dit « Bonjour, vous êtes Monsieur C. Mathieu ? » Je lui réponds que « oui », c'est bien moi. Il nous dirige vers son bureau puis l'audition commence. « Tout d'abord, je vous présente mes sincères condoléances à vous et votre maman. Votre papa est décédé le 13 novembre 2015, dans l'Odet suite un accident de vélo. L'autopsie l'a confirmé. La piste criminelle est évidemment écartée. Il a chuté par-dessus le muret, sa tête s'est cognée et il a perdu connaissance. » Dans ma tête, toujours la même question revenait : « Avait-il bu ? ». Je me suis décidé à la lui poser, ce à quoi il m'a répondu. « Oui, mais je ne vous dirai pas le taux exact. » Je me suis retourné vers ma mère, j'avais enfin une réponse. Un moment de silence est apparu entre le policier et moi pendant une dizaine de secondes. Il connaissait déjà la situation entre mon père et moi. Ma grand-mère lui en avait parlé. Il était également au courant que mon père avait un casier judiciaire, car il possédait une arme pour nous faire peur. Il était aussi au courant de l'accident de voiture qu'il avait eu. Puis vint la question du policier : « Irez-vous à l'enterrement de votre papa ? » Sans réfléchir, j'ai répondu un « non » ferme. Il avait bu ! Il m'avait fait du mal à moi et ma mère, il n'avait pas changé. La première intervention des gendarmes n'avait n'a pas suffi, donc « non » je n'irai pas. Il comprenait très bien ma situation et me dit : « Je vous comprends, je sais ce que vous ressentez. » Il était très à l'écoute, ce policier, et en tant que père de famille comprenait mon point de vue. J'ai ensuite signé des papiers.

L'audition a pris fin. Nous sommes partis vers 10 h 30.

Environ vingt minutes après être sorti de ces deux rendez-vous, le téléphone de ma mère sonna. C'était la mère de mon père. J'ai décroché. Elle était encore en pleurs. Elle m'a demandé quand je serai au funérarium, et si je venais aux obsèques. Sans hésiter, je lui ai répondu un « non » ferme, car depuis mes 11 ans je ne le considérai plus comme mon père et le jour de son accident, il avait encore bu. « Ne me dis pas qu'il ne boit pas, car le policier me l'a confirmé. » Au bout de la ligne j'entendais la famille de mon père qui murmurait au téléphone. C'était du mécontentement vis-à-vis de ma décision. Elle a raccroché. Mais pour moi, c'était la meilleure solution. Il nous a fait tellement de mal. Elle veut le protéger, je le comprends, mais il faut ouvrir les yeux, même si la vérité n'est pas belle à voir ni à entendre. Il a préféré l'alcool plutôt que nous. Je sais aussi que c'est une maladie., mais quand même…

Pendant toute la journée, ma mère m'a dit « si tu changes d'avis je t'accompagne ne t'inquiète pas. »

La journée passe…

Mardi 17 novembre

6 heures du matin, mon réveil sonne pour aller au lycée. Je suis réveillé, contrarié et avec la boule au ventre, car j'ai peur des questions que pourraient me poser mes camarades de classe et professeurs. Je fais ma routine matinale, mais ce jour-là je n'ai pas pris de petit-déjeuner.

Il est 7 heures, je pars de la maison. En voyant que ça ne va pas trop, j'ai décidé de partir plus tôt que d'habitude afin de ne pas tourner en rond dans la maison.

J'arrive donc à 7 h 20, mais, étant en avance, je reste dans la voiture avant d'y aller, car les cours commencent à 8 heures. Les articles de la presse locale m'obsèdent et je n'arrête pas de les lire sur mon téléphone. L'heure tourne et je me dis qu'il faut que j'y aille.

Une fois dans les locaux, je vois mes copains qui me regardent d'un air gêné. Cela se comprend, ils sont désolés pour moi.

8 heures, la sonnerie retentit, les cours commencent. J'ai un contrôle de mathématiques ou de science, je ne m'en souviens plus, mais, vu les circonstances, je n'ai pas eu la tête à réviser. Puis, de

toute façon, je ne vois pas en quoi ce cours peut m'être utile, car ce n'est pas une de mes matières préférées.

Certains professeurs m'ont exprimé leurs soutiens et je les en remercie.

17 heures, la journée est finie, je rentre donc à la maison. En arrivant, ma mère me demande comment cette journée s'est passée. Je lui réponds que ça pouvait aller. Je lui parle du contrôle de maths que je n'ai pas révisé et que j'ai expliqué la raison au professeur qui n'était pas au courant.

Plus les jours passent et plus je commence à reprendre une vie normale. Je me sens libéré, je ne ressens plus le stress de me dire que mon père est quelque part alcoolisé à mettre en danger sa vie et celle des autres…

LIBÉRATION

Les mois ont passé et je me sens apaisé. Vous vous demandez sûrement pourquoi je réagis comme ça, mais, avoir un père alcoolique durant mon enfance, c'était une sorte de honte pour moi, au-delà du mal que ça m'a fait !

Je suis en Premère, j'ai 18 ans, et mon lycée organise un séjour d'un mois en Suède janvier 2016. Il y avait seulement quatre places pour les deux classes que nous étions. N'ayant pas trop confiance en moi, je me suis dit que j'avais peu de chance d'y participer. À ma grande surprise, j'ai été retenu. J'étais tellement heureux ! Ce fut une expérience extraordinaire ! J'ai travaillé comme chauffeur par temps de neige, assisté aux différents cours dans le lycée, maitrisé la barrière de la langue. Cela m'a fait un bien énorme, et cela m'a permis de m'affirmer.

L'année suivante, j'ai 19 ans, tout se passe bien. Je suis « libéré » de cette période qui a été compliquée pour moi et je passe mon baccalauréat, assez sereinement (ce qui n'était pas à mon habitude auparavant !).

Au mois de juillet 2016 – je m'en souviens – je prends connaissance des résultats sur mon téléphone alors que je travaille dans une entreprise de transport. (La même entreprise où je travaillais chaque samedi matin).

Je suis reçu avec la mention « Bien ». Je suis ravi et soulagé bien évidemment.

Dans cette même année, j'ai été réserviste en gendarmerie. J'avais passé des tests en 2015 à Rennes et j'avais effectué une formation de quinze jours à Mayenne. Quelle émotion d'avoir réussi à vaincre cette « foutue » timidité !

Depuis le temps que je voulais faire ce métier !... Depuis le jour où les gendarmes sont venus à la maison pour mon père, à cause de l'alcool – et tout le temps qu'il m'a fallu pour vaincre ma timidité. Ma détermination était la même depuis ce jour-là ! Et je voulais me prouver que j'étais capable de réaliser mon rêve.

J'ai fait, par la suite, quelques missions durant l'hiver 2016.

Comme la réserve en gendarmerie m'a beaucoup plu, j'ai décidé de m'engager en tant que gendarme adjoint volontaire (GAV).

J'ai effectué ma formation de deux mois à l'école de gendarmerie de Tulle, en Corrèze en 2017. Ce fut deux mois très intense, mais plein de bons souvenirs. Les séances de sport, le tir, les retours de week-end, où, entre nous, on se faisait des bonnes blagues… J'ai pu faire de très belles rencontres. Petit clin d'œil : j'étais à la septième compagnie.

Après ces deux mois, je devais choisir une affectation. J'ai choisi la gendarmerie de l'air, car je suis passionné d'avions. Dès que j'ai vu ce poste, j'ai postulé. J'étais à Lyon – et aussi, fan de l'olympique Lyonnais, en football.

Photo prise lors de ma cérémonie de fin, avec ma mère.

Mes deux grandes amies
que je considère comme mes grandes sœurs.

Cependant, je n'y suis resté que 8 mois, car je ne m'y suis pas plu. Je trouvais ça trop routinier. Je ne faisais pas de terrain, mais juste de la surveillance sur base. Je suis donc parti en mai 2018. J'ai retrouvé la vie civile et je faisais des missions en intérim dans le domaine du transport. Entre-temps je me suis dit « pourquoi pas l'armée de l'air ! » Je suis passionné d'aéronautique et j'ai toujours voulu être militaire, alors, je pouvais continuer sur ma lancée. Porté par ma passion, j'ai pris rendez-vous après l'été au Cirfa (Centre d'information et de recrutement des forces armées) de Brest, pour en discuter. Le recruteur a étudié mes formations et diplômes et a vu j'avais un Bac professionnel transport. Il m'a orienté pour que je choisisse la spécialité « Agent de transit aérien ». J'ai à nouveau passé des tests sur une demi-journée en novembre 2018 à Rennes. Le verdict… – roulement de tambours – je l'ai eu !

J'ai fait mes classes de février à avril dans le sud de la France pour ensuite être muté sur une Base aérienne.

Je fais un métier qui me plaît. Dans cette même année, j'ai été contacté par le FC Lorient pour faire la « mascotte » lors des matchs. Je suis passionné de sport, plus particulièrement de football, de vélo et badminton. Chaque année je regarde le tour de France, sur France TV.

Je ne l'ai fait qu'un une année, car ensuite je me suis rendu compte qu'avec mon travail je ne peux pas tout faire.

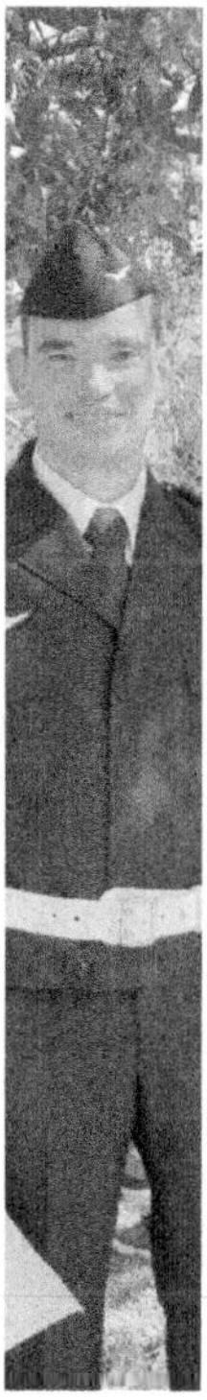

En novembre 2019, je me suis blessé au travail ; une luxation de l'épaule. Deux mois plus tard, j'ai revu le chirurgien à trois reprises. Je me plaignais de forte douleur qui me handicapait dans les gestes quotidiens. Le chirurgien a décidé de me faire une scintigraphie osseuse et le verdict est tombé : j'ai développé une capsulite rétractile. Il s'agit d'une affection bénigne de l'épaule causant un enraidissement douloureux progressif de cette articulation.

Au moment où je vous parle en 2020, je suis en poste aménagé depuis plusieurs mois.

2019 fut une année très animée. Et nous qui pensions que ce ne pouvait pas être pire et bien si ! En 2020, nous faisons face à une grosse crise sanitaire : le Corona Virus nous a déclaré la guerre. Il a touché énormément de personnes.

CONCLUSION

Comme vous pouvez vous en douter, l'alcool et moi ne sommes pas très copains. Il m'arrive quelques fois de boire une bière ou un apéritif, mais ça s'arrête là. Je ne suis pas du tout attiré par l'alcool et je pense que vu mon passé, ce n'est pas étonnant. Certains se moquent de moi, mais je m'en fiche complètement. J'ai appris à passer outre. Je ne force pas les gens à ne pas boire. Je pense que chacun doit assumer ses responsabilités, mais je ne vois pas l'intérêt de boire pour boire ou imiter les copains. On peut très bien s'amuser sans être fortement alcoolisé. On voit souvent dans les journaux télévisés, on entend souvent à la radio, des informations sur les soirées entre copains qui se finissent mal à cause de l'alcool.

Pour finir, je voudrais juste dire que l'alcoolisme, c'est une maladie qui se soigne, mais pour cela il faut se donner les moyens, penser aux autres, avant soi-même. L'alcool ne résout pas les problèmes, bien au contraire, il les empire. Il faut également savoir que la violence verbale fait autant de mal que la violence physique ; elle affecte et peut détruire les autres.

Aujourd'hui je me sens épanoui dans ce que je fais. Je suis quelqu'un de très joyeux, mais mon principal défaut, c'est toujours le manque de confiance, mais je me dis qu'avec le temps cela partira.

Ma mère, elle aussi, est heureuse dans ce qu'elle fait. Elle est chef d'équipe chez une grande entreprise mondiale de vente à domicile. Elle a vendu son affaire de crêpe, il y a deux ans.

Fin

POSTFACE

Malgré la vie difficile que j'ai pu avoir, je garde la tête haute et je continue à aller de l'avant…

Je sais que je ne suis pas seul dans ce cas-là, mais dans ce livre j'espère qu'un « déclic » se fasse chez les personnes concernées par l'alcoolisme.

REMERCIEMENTS

Maman, merci de m'avoir élevé seule. Si j'en suis là aujourd'hui, c'est grâce à toi. Je n'ai pas toujours été facile à mon adolescence. Merci aussi de m'avoir donné plein de détails pour la construction de mon livre et me soutenir dans ce projet.

Merci à Marie et Delphine, mes sœurs de cœur qui m'ont beaucoup aidé, lors du décès de mon père. Vous m'avez ouvert votre porte et accompagné durant le lycée. Je les remercie aussi d'accepter d'être en photo dans le livre.

Merci, également, à Marine, une amie, qui m'a donné quelques conseils dans la rédaction de mon livre.